電池が切れるまで
子ども病院からのメッセージ

すずらんの会＝編

角川文庫 14287

長野県立《ながのけんりつ》こども病院《びょういん》（長野県《ながのけん》・豊科町《とよしなまち》）には、長期入院《ちょうきにゅういん》している子《こ》どもたちが学《まな》ぶための院内学級《いんないがっきゅう》があります。この本《ほん》におさめられているのは、小《ちい》さな身体《からだ》で精一杯《せいいっぱい》、病気《びょうき》と闘《たたか》いながらも、院内学級《いんないがっきゅう》では仲間《なかま》と楽《たの》しく学《まな》ぶ子《こ》どもたちの輝《かがや》く言葉《ことば》です。行間《ぎょうかん》から、「命《いのち》」と向《む》き合《あ》わずにはいられない日々《ひび》の中《なか》で、子《こ》どもたちが息《いき》が詰《つ》まるほど激《はげ》しく〝闘《たたか》う〟姿《すがた》が伝《つた》わってきます。

院内学級《いんないがっきゅう》は過去《かこ》に一度《いちど》、子《こ》どもたちの文集《ぶんしゅう》を作《つく》りました。その時《とき》の反響《はんきょう》の大《おお》きさは、子《こ》どもたちも驚《おどろ》くほどでした。そこで「すずらんの会《かい》」は、全国《ぜんこく》の一人《ひとり》でも多《おお》くの方《かた》がたに子《こ》どもたちの〝心《こころ》〟を伝《つた》えたいと思《おも》い、本書《ほんしょ》を企画《きかく》しました。

「すずらんの会《かい》」は、こども病院《びょういん》で治療《ちりょう》を受《う》けた子《こ》どもたちや、今《いま》も治療《ちりょう》を受《う》けている子《こ》どもたちの保護者《ほごしゃ》の会《かい》で、さまざまな活動《かつどう》を通《とお》して子《こ》どもたちを励《はげ》ましています。

子《こ》どもたちの詩《し》や作文《さくぶん》の表記《ひょうき》は、原則《げんそく》として院内学級《いんないがっきゅう》で子《こ》どもたちや親《おや》から提出《ていしゅつ》されたものに従《したが》いました。
また、小《ちい》さな子《こ》どもたちにも読《よ》みやすいように全《すべ》ての漢字《かんじ》にふりがなをつけました。

（編集部《へんしゅうぶ》）

目《もく》次《じ》

装画　一九九七年院内学級手づくりのカレンダーより
「こども病院」宮越由貴奈（小学四年）
協力　須田　治
本書は二〇〇二年十一月、角川書店より刊行された単行本を文庫化したものです。

子《こ》どもたちの言葉《ことば》

命《いのち》

宮越由貴奈《みやこしゆきな》（小学四年）

命《いのち》はとても大切《たいせつ》だ
人間《にんげん》が生《い》きるための電池《でんち》みたいだ
でも電池《でんち》はいつか切《き》れる
命《いのち》もいつかはなくなる
電池《でんち》はすぐにとりかえられるけど
命《いのち》はそう簡単《かんたん》にはとりかえられない
何年《なんねん》も何年《なんねん》も
月日《つきひ》がたってやっと
神様《かみさま》から与《あた》えられるものだ
命《いのち》がないと人間《にんげん》は生《い》きられない
でも

「命《いのち》なんかいらない。」
と言《い》って
命《いのち》をむだにする人《ひと》もいる
まだたくさん命《いのち》がつかえるのに
そんな人《ひと》を見《み》ると悲《かな》しくなる
命《いのち》は休《やす》むことなく働《はたら》いているのに
だから　私《わたし》は命《いのち》が疲《つか》れたと言《い》うまで
せいいっぱい生《い》きよう

ゆきなちゃん

田村由香《たむらゆか》（小学五年）

ゆきなちゃんは
合計二年間《ごうけいにねんかん》も病院《びょういん》にいる
治療《ちりょう》で苦《くる》しいときもある
それなのに
人《ひと》が泣《な》いているときは
自分《じぶん》のことなんか忘《わす》れて
すぐなぐさめてくれる
でも　たまあに
夜《よる》　静《しず》かに泣《な》いていたときもあった
いつもなぐさめていたゆきなちゃんが泣《な》くと
こっちがどうしていいか

わからなくなる
ゆきなちゃんの泣《な》いている姿《すがた》を
ただ　じっと見《み》ているだけだ
ごめんね　なぐさめられなくて
ゆきなちゃん　ごめんね

最後《さいご》の治療《ちりょう》

坂本真美《さかもとまさみ》（中学三年）

今《いま》、
考《かんが》えて見《み》ると
あっという間《ま》に時《とき》が過《す》ぎて
最後《さいご》の治療《ちりょう》にはいる。
それは、
今《いま》まで以上《いじょう》につらい仕事《しごと》で
薬《くすり》もいっぱい
気分《きぶん》が悪《わる》くなったりするらしい。
でもそれをのりこえれば
元気《げんき》になれる。
病気《びょうき》が治《なお》る。

外《そと》に出《で》て
みんなに会《あ》える。
家《いえ》に帰《かえ》れる。
いろんなやりたい事《こと》ができる。
一人《ひとり》では、
乗《の》りこえられないかもしれない。
だけど、手《て》を伸《の》ばせば
先生《せんせい》がいて
看護婦《かんごふ》さんがいて
家族《かぞく》がいて
みんながいて
乗《の》りこえていきたい。
乗《の》りこえられる。
がんばりたい。

ボクは、弱《よわ》くないぞ

井《い》下《した》　京《けい》（中学一年）

ボクは、弱《よわ》くなんかないぞー。
ボクは、強《つよ》くてやさしい人さ。
そして、とてもあかるいぞー。
だから、ボクは病気《びょうき》にまけないぞー。
痛《いた》くても苦《くる》しくても
ガンバってのりこえていくぞー。
だから、みんなのように
ガンバっていくどー。
あとボクは、
けんぞう兄《にい》ちゃん
とむ兄《にい》ちゃん

たつ兄《にい》ちゃん達《たち》とお友達《ともだち》になって、
いっしょに遊《あそ》びたいなー。
そうするには、どうすればいいのかなー。
もっともっと、いっしょに、遊《あそ》びたい。
もっともっと、いっしょにさん歩《ぽ》したい。
もっともっと、いっしょにテレビ見《み》たい。

ぼくのゆめ

日《ひ》原《はら》智大《ともひろ》（小学三年）

ぼくは
一度《いちど》でいいから
走《はし》りたい
思《おも》いっきり走《はし》りたい
広《ひろ》いグランドで
広《ひろ》い草原《そうげん》で
お日《ひ》さまの日《ひ》にあたって
思《おも》いっきり
走《はし》ってみたい
学校《がっこう》のお友《とも》だちと
みんなで走《はし》ってみたい

お父《とう》さんお母《かあ》さん

佐々木《ささき》真明《まさあき》（小学六年）

お父《とう》さんお母《かあ》さんはやさしい
ぼくが具合《ぐあい》が悪《わる》くなったら
だいじょうぶかと言《い》ってくれた
すごく心配《しんぱい》してくれた
弟《おとうと》も心《こころ》のどこかで
あんちゃんがんばって
はやくかえってきて
とおもっている
お父《とう》さんお母《かあ》さんも思《おも》っている
ぼくががんばんなくっちゃね
ぼくそして弟《おとうと》にとって大事《だいじ》な

お父《とう》さんお母《かあ》さんを大切《たいせつ》にしなくちゃ

お父《とう》さんたちがいなくなったら
ぼくたちは
どうやって暮《く》らしていけばいいんだ
早《はや》く退院《たいいん》して
お父《とう》さんお母《かあ》さんに
作《つく》って食《た》べさしてやりたいものがある
お母《かあ》さんの作《つく》るようには
うまくは作《つく》れないけど
ぼくは
お父《とう》さんお母《かあ》さんに食《た》べさしてやりたい
とっても大事《だいじ》なお父《とう》さんお母《かあ》さん
大好《だいす》き

それで今《いま》のぼくは
すごくすごく元気《げんき》
もっと元気《げんき》になって
こども病院《びょういん》を退院《たいいん》したい

自分《じぶん》は？

藤本一宇《ふじもといちう》（中学三年）

自分《じぶん》はいったい何《なん》だ
自分《じぶん》だけが苦《くる》しい病気《びょうき》じゃないのに
もっともっと苦《くる》しい病気《びょうき》の
こどもが必死《ひっし》に闘《たたか》っているのに
自分《じぶん》は何《なん》だ
今《いま》でもわからんけど
しあわせもので
わがままなのはたしかだな
どこへ行《い》っても
話《はな》し相手《あいて》がいた
移植《いしょく》の時《とき》は

毎日家《まいにちいえ》の人《ひと》が来《き》てくれた
こんな幸《しあわ》せな自分《じぶん》ばかり
先《さき》に退院《たいいん》して
僕《ぼく》よりずっとずっと
がんばっている子《こ》に
なんていったらいいか
わからないけど
ごめんね
がんばってね

外《がい》泊《はく》

さとうゆき（四歳）

今日《きょう》から楽《たの》しい外泊《がいはく》だ!! おうちに帰《かえ》ったら何《なに》を食《た》べよう、何《なに》して遊《あそ》ぼうか…。よし、まずは、おいしい物《もの》を食《た》べよう、納豆《なっとう》に、カレーうどんに、ラーメンに…。…とまあ、お金《かね》のかからないような物《もの》ばかりです。あっ、たまにはスナック菓子《がし》も食《た》べようっと!

そして、わが妹《いもうと》ゆみちゃんとも遊《あそ》んであげなくては! ゆみちゃんはゆきねえちゃんの事大《ことだい》～好《す》きだからナ!! よ～し!

ゆみちゃん　あっそぼ～。

しゅじゅつ

田村由香《たむらゆか》（小学五年）

はじめてのにゅういん
はじめてのしゅじゅつ
どきどきする
でも　いろいろなにおいのするますいをはやくやりたい
でもいやだ
だれだっていたいのはいやだ
でもやらなくちゃ
もっといたい
がんばろう

ほたる

宮越由貴奈《みやこしゆきな》（小学四年）

ほたるはとてもきれいだ
見《み》てるだけでこころがなごむ
でも最初《さいしょ》に見《み》たときは少《すこ》し怖《こわ》かった
だけどオスとメスで
一生《いっしょう》けんめい光《ひかり》をだしあって
自分《じぶん》のいばしょを教《おし》えあってるんだね
このごろは
住《す》む自然《しぜん》がなくなってしまって
ごめんね本当《ほんとう》にごめんね
来年《らいねん》の夏《なつ》にもまた
きれいな光《ひかり》を見《み》せてね

僕《ぼく》は今《いま》……

井下《いした》　京《けい》（中学一年）

僕《ぼく》は、足《あし》に、機械《きかい》のような物《もの》をつけています。

一日《いちにち》1ミリずつ、骨《ほね》を延《の》ばしています。

4回《かい》に分《わ》けて延《の》ばします。

約《やく》120ミリ延《の》ばすと、120日《にち》のあいだも、寝《ね》る時《とき》などは足《あし》を、つっていなければいけません。

今《いま》は、まだ足《あし》が、しびれていて、少《すこ》し痛《いた》いけど、ガンバっています。

早《はや》く、退院《たいいん》したいな。

足《あし》が、しびれるーーーーーーーーー!

遅《おく》れた治療《ちりょう》

佐々木《ささき》真明《まさあき》（小学六年）

もうすぐ退院《たいいん》だと思《おも》ったら、あと一回治療《いっかいちりょう》があった。

ものすごく、ものすごくくやしい。

くやしくて、なけて来《き》た。

お母《かあ》さんお父《とう》さんもこれで終《お》わりだと言《い》っていたけどちがった。

学校《がっこう》のみんなも終《お》わりだと思《おも》ってまっているのに。

早《はや》く一日《いちにち》も早《はや》く帰《かえ》って家《いえ》ですごしたい。

そうすれば、どこでもつれてってもらえる。

ほんとうなら一時《いちじ》退院中《たいいんちゅう》に豊川稲荷《とよかわいなり》に、いけたのにな。

でも、退院《たいいん》すればアイブイエッチもはずせれることだからな、前《まえ》の事《こと》と今《いま》の事《こと》を思《おも》えば、もうすこしだ。

早《はや》く退院《たいいん》して友達《ともだち》と遊《あそ》びたい。

だし友達《ともだち》と店《みせ》に行《い》ってゲームセンターで遊《あそ》びたい。

最初《さいしょ》、頑張《がんば》れば、後《あと》でいい事《こと》がある。

がんばらなくちゃ。

ぼくは、入院《にゅういん》する前《まえ》、学校《がっこう》に、歩《ある》いて行《い》かなかったし変《へん》な物《もの》を食《た》べていたからこんな病気《びょうき》になってしまった。

これは、自分《じぶん》の病気《びょうき》だからしかたない。

心《こころ》のきもち

田《た》村《むら》由《ゆ》香《か》（小学五年）

心《こころ》と心《こころ》を
つうじ合《あ》わせると
なにもかもが
うまくいく
でも、
心《こころ》がつうじ合《あ》わなくなると
おたがいに、にくみあったりする
そうなれば
なにもかもが
うまくいかなくなる
りょうほうとも

つらくなる
気《き》もちになる
だから
心《こころ》と心《こころ》をあわせてやると
2人《ふたり》の心《こころ》が
1《ひと》つにかさなって
なにもかもが
かんたんに
できるようだ

熱《ねっ》の出《で》る治療《ちりょう》

匿名《とくめい》（小学五年）

この治療《ちりょう》ってさあ、
熱《ねっ》が出《で》るんだよね。

点滴終《てんてきお》わったから
そろそろ熱出《ねつで》るぞ〜〜〜
ほら、ふるえてきた
さあ、頑張《がんば》るぞ〜〜〜
頑張《がんば》れ　がんばれ　H

だからさあ、お母《かあ》さん、
どこにも行《い》かないでね〜〜〜。

ここどこ？

ここどこ？
どうしてここにいるの？
お父《とう》さん、お母《かあ》さんは？
聞《き》きたいことがたくさん。
分《わ》からないこともたくさん。
…………
気《き》がついたら
病院《びょういん》のベットの上《うえ》でした。

匿名《とくめい》（中学一年）

旅《りょ》行《こう》

佐々木《ささき》真明《まさあき》（小学六年）

僕《ぼく》が一時《いちじ》退院《たいいん》したら
家族《かぞく》みんなで旅行《りょこう》に行《い》く
特急《とっきゅう》に乗《の》って
豊川稲荷《とよかわいなり》に行《い》く
もうひといきなんだから
がんばらなくっちゃ
それに家《いえ》で
弟《おとうと》もお父《とう》さんもお母《かあ》さんも
待《ま》っているんだから
お母《かあ》さんが言《い》っていたけど
つらいことをしたあとには

いいことがあるって
だからがんばれよって言《い》ってくれた
もうひといきなんだから
僕《ぼく》は絶対《ぜったい》がんばる
旅行《りょこう》に行《い》ったら
ちくわも　メロンも　いろいろ食《た》べてきたい
旅館《りょかん》にも泊《と》まりたいなあ
いまの僕《ぼく》の頭《あたま》の中《なか》は
旅行《りょこう》のことで
いっぱいだ

花《はな》

田村由香《たむらゆか》（小学五年）

どうして花《はな》はきれいなんだろう
どうして花《はな》って
かれちゃうんだろう
1年《ねん》じゅうさいてたら
きれいだろうなあ。
でも1年《ねん》じゅうは
さいていてもこまるよ
やっぱり　でもやっぱり
花《はな》は　かれてほしくないなあ
かれちゃんもんね。
ざんねんだなあ。

院内学級《いんないがっきゅう》では、毎年《まいとし》、子《こ》どもたちがカレンダーを作《つく》っています。習字《しゅうじ》や版画《はんが》を載《の》せた力作《りきさく》、傑作《けっさく》ぞろいのカレンダーです。その中《なか》のほんの一部《いちぶ》ですが、子《こ》どもたちの夢《ゆめ》が見《み》え隠《かく》れするカレンダーの絵《え》を掲《けい》載《さい》します。

武田真梨子《たけだまりこ》（小学一年《しょうがくいちねん》）

末盛綾華《すえもりあやか》（小学一年《しょうがくいちねん》）

長坂《ながさか》 恵《めぐみ》（小学《しょうがく》五年《ごねん》）

宮越《みやこし》由《ゆ》貴《き》奈《な》（小学《しようがく》四《よ》年《ねん》）

9月《がつ》

逸見《へんみ》ひとみ（中学一年）
9月《がつ》いっぱいでほとんどいなくなる
さみしい感《かん》じがする
私《わたし》も退院《たいいん》がしたい
みんなより短《みじか》くても早《はや》く退院《たいいん》したい
えみちゃん、あんなちゃんもいなくなる
おいていかれたような感じ
いっしょに退院《たいいん》して学校《がっこう》へもどりたい
9月《がつ》はみんないなくなるさみしい月《つき》だ

退《たい》院《いん》

すずきあや（小学三年）

さいごの外泊《がいはく》が終《お》わって
帰《かえ》り道《みち》、考《かんが》えた。
入院《にゅういん》してから
お母《かあ》さんやお父《とう》さんに
何回《なんかい》ぐらい来《き》てもらっているんだろう？
お父《とう》さんが
「100回《かい》は来《き》ているぞ。」
と言《い》った。
そんなに来《き》てもらっていたんだ。
かんしゃしなくっちゃね。
退院《たいいん》したら

なんか買《か》ってもらおうと思《おも》ってたけど
反《はん》たいにしなきゃね。

再入院《さいにゅういん》

匿名《とくめい》（中学一年）

一度《いちど》退院《たいいん》してから
毎日《まいにち》学校《がっこう》に通《かよ》っていたのに
急《きゅう》に入院《にゅういん》――
しかも最初《さいしょ》は個室《こしつ》――
すごくショックだった
個室《こしつ》で
学校《がっこう》に行《い》っていた時《とき》のことを思《おも》い出《だ》す
なんか
くやしい気持《きも》ちに
なってきた
何日《なんにち》かたって

大部屋《おおべや》に出《で》ていいという
知《し》らせがきた
とてもうれしかった
大部屋《おおべや》は
個室《こしつ》とは別世界《べっせかい》
みんなで
ウーやトランプをやるのは
楽《たの》しかった
入院《にゅういん》でも
楽《たの》しいことがあるんだと思《おも》うと
がんばれた
再入院《さいにゅういん》しても
楽《たの》しいことがあって
良《よ》かった

きょうだい

宮越由貴奈《みやこしゆきな》（小学三年）

きょうだいはいたほうがいい
きょうだいだとたすけあえるし
いろいろあそべるから
でもびょういんだと
まどごしでしか
会《あ》えない
たいいんすると
いっしょに学校《がっこう》へ行《い》ったりする
がいはくした時《とき》に
いろいろあそんでくる
早《はや》くがいはくしたいな。

花里枝美《はなざとえみ》（中学二年《ちゅうがくにねん》）

佐々木《ささき》真明《まさあき》（小学六年《しょうがくろくねん》）

熊《くま》井《い》政充《のりみつ》（小学《しょうがく》二《に》年《ねん》）

日《ひ》原《はら》智大《ともひろ》（小学《しょうがく》四《よ》年《ねん》）

わかれ

わかれはとてもつらい
私《わたし》は明日《あした》たいいんする
でも私《わたし》もわかれるは、いやだ。
せっかく出来《でき》た友《とも》だちが
なんだかひっこしていくみたいでやだ
でもまた会《あ》える日《ひ》をまっていれば
いつかやってくる。
その日《ひ》が一日《いちにち》でも早《はや》くくるといいな。

深沢《ふかざわ》　礼《あや》（小学三年）

先生《せんせい》や友達《ともだち》

鈴木《すずき》　綾《あや》（小学三年）

人《ひと》に思《おも》いがつたわらない時《とき》、どう思《おも》う？
私《わたし》はさみしくてくやしい。
痛《いた》みだってそう。
看護婦《かんごふ》さんに言《い》いたくても、なかなかわかりにくい。
もうすぐ退院《たいいん》したってまわりの人は
「あやちゃんどこが、わるいんだろう？」
と思《おも》うだろう。
病気《びょうき》になったのが、去年《きょねん》のマラソンの時《とき》だから、
「足《あし》が痛《いた》いだけじゃん。」
とか思《おも》うかもしれない。
でも、そうじゃないんだ。

薬《くすり》の副作用《ふくさよう》もあるから、体重《たいじゅう》が多《おお》くなって腰《こし》がすごく痛《いた》くなる。前屈《まえかが》みになると、胸《むね》がくるしくなったり。

まだまだあるけど……

看護婦《かんごふ》さんに言《い》うと、まえにあった痛《いた》みを知《し》らない人《ひと》もいるからそれが、初《はじ》めて痛《いた》くなったと思《おも》う看護婦《かんごふ》さんもいる。

自分《じぶん》の主治医《しゅじい》の先生《せんせい》に言《い》うと

「ホッ。」とする。

それは、なぜだろう？

それは、いつも私《わたし》が、先生《せんせい》に、痛《いた》いと言《い》うから。

学校《がっこう》に行《い》っても、人《ひと》に通《つう》じない時《とき》は、通《つう》じるまで言《い》えばいい。

それが、友達《ともだち》だと思《おも》う。

プラス思考《しこう》

上原久美子《うえはらくみこ》（高校二年）

なにをそんなに　急《いそ》ぐのですか
なんでそんなにあせるのですか
少《すこ》しの間《あいだ》　落《お》ち着《つ》いて
まわりをぐるっと見《み》てごらん
あなただけではないでしょう
あなただけでは　ないんだよ
どの家《いえ》も　どの子《こ》も　皆大変《みなたいへん》で
それでも顔《かお》には表《あらわ》さず
一生懸命《いっしょうけんめい》やっているんだよ
自分《じぶん》だけが大変《たいへん》だなんて
そんなエゴなことは考《かんが》えないで

あなたよりも幸《しあわ》せな人《ひと》がいれば
あなたよりもつらい思《おも》いをしている人《ひと》もいる
今元気《いまげんき》な人《ひと》だって
つらい時《とき》があったんだから
上《うえ》を見《み》れば見《み》るほど
悲《かな》しくなることもあるけれど
今生《いまい》きていて笑《わら》うことができる
それだけでしあわせじゃない
なんで私《わたし》だけが
なんて考《かんが》えないで
人《ひと》と比《くら》べて落《お》ち込《こ》まないで
ゆっくり　のんびり　気長《きなが》に
つきあっていけばいいじゃない
ね　プラス思考《しこう》で　生《い》きましょう

一年間《いちねんかん》の思《おも》い出《で》

田畑直希《たばたなおき》（小学《しょうがく》二年）

はじめて子《こ》ども病院《びょういん》に行《い》ったのは5月《がつ》15日《にち》でした。レントゲンを2回《かい》とって二人《ふたり》の先生《せんせい》に見《み》てもらいました。その時入院《ときにゅういん》して病気《びょうき》をなおすことになりました。しばらくみんなとあえなくなるのですこしさみしくなりました。

17日入院《にちにゅういん》して一ヶ月《いっかげつ》は足《あし》に2キログラムの重《おも》りをつけてベットでねていました。うごけなくてつまんなかったです。一ヶ月《いっかげつ》たってぜんぜんよくなっていないので手《しゅ》じゅつすることになりました。手《しゅ》じゅつのときまんちょうしました。手《しゅ》じゅつしつの中《なか》はきかいがいっぱいありました。あかるかったです。ちゅうしゃをしたらねむくなってしまった。そしてすぐねてしまいました。おきてみると足《あし》の先《さき》からおなかまでギブスをつけていました。うごけなくっていたかったです。手《しゅ》じゅつして六《ろく》しゅうかんはねたままでストレッチャーに乗《の》っていんない学級《がっきゅう》でべんきょうをしていました。がんばってギブスがとれたときはうれしかったです。

入院《にゅういん》してうれしかったことは、みんながたばちゃんつうしんをしてくれてうれしかったです。あと一《ひと》つは新《あたら》しい友《とも》だちができたことです。8月《がつ》28日《にち》にたいいんした。たいいんして家《いえ》に帰《かえ》ってきた。やっぱり家《うち》がいいなとおもいました。まつばづえがとれて三学期《さんがっき》になってあるけるようになった。ぼくはびょうきになって、元気《げんき》でいられることが一番《いちばん》いいと思《おも》いました。

はじまった治療《ちりよう》

佐々木《ささき》真明《まさあき》（小学六年）

四月八日《しがつようか》に治療《ちりよう》がはじまった。

ぼくはとうとう治療《ちりよう》がはじまった。

治療《ちりよう》はいろいろの薬《くすり》を入《い》れるからきつい。

飲《の》む薬《くすり》とてんてきの薬《くすり》がある。

それであとでアイソレーターにはいらないといけない。

なんでかというと、ばいきんがうつるからなのだ。

治療《ちりよう》が終《お》わったら一時《いちじ》退院《たいいん》になる。

ぼくは治療《ちりよう》をがんばる。

ゆきなちゃんとかみんな治療《ちりよう》とかやっていてがんばっているんだから、ぼくもがんばらなくちゃ！

家《うち》の家族《かぞく》がまっているから治療《ちりよう》をやって早《はや》く一時《いちじ》退院《たいいん》して家《いえ》に帰《かえ》りたい。

藤原浩実《ふじわらひろみ》（小学六年《しょうがくろくねん》）

水谷《みずたに》あすか（中学《ちゅうがく》二《に》年《ねん》）

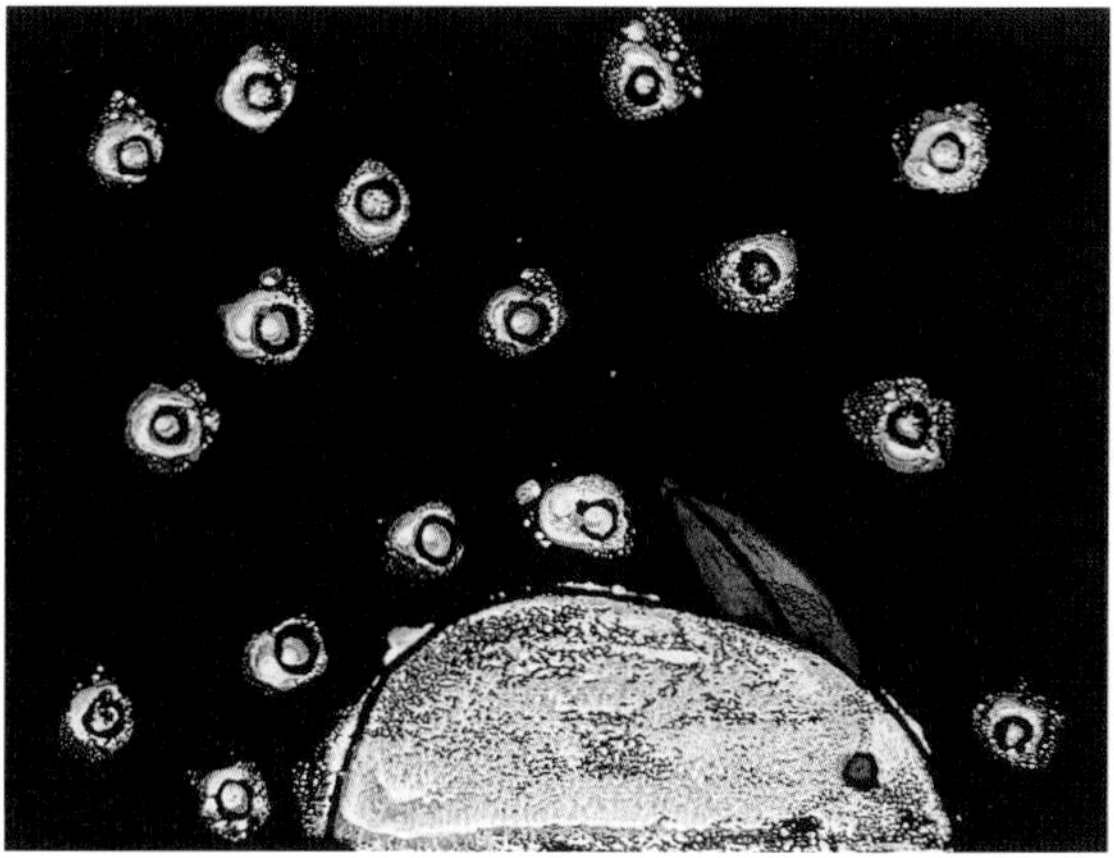

宮澤美貴《みやざわみき》（中学一年《ちゅうがくいちねん》）

西澤弘宣《にしざわひろのぶ》（小学三年《しょうがくさんねん》）

院内学級《いんないがっきゅう》にかよって

荻上尚樹《おぎうえなおき》（小学四年）

ぼくは、足《あし》の病気《びょうき》で三《さん》カ月間《げつかん》子《こ》ども病院入院《びょういんにゅういん》してその間院内学級《かんいんないがっきゅう》で、勉強《べんきょう》しました。一《いっ》カ月間《げつかん》は、足《あし》のけんいんをしていたので、午前中半日《ごぜんちゅうはんにち》だけしか、勉強《べんきょう》にかよえませんでした。そして、そのあとは手《しゅ》じゅつをして、ギプスこていをしたので、しっかりすわる事《こと》ができませんでした。ぼくは、学校《がっこう》にいきたかったけれど、ストレッチャーでしかいどうができなかったので、教室《きょうしつ》がせまくて、午後《ごご》しか勉強《べんきょう》にいけませんでした。もうすこし、広《ひろ》い教室《きょうしつ》なら一日勉強《いちにちべんきょう》ができていいなと思《おも》いました。

でも、たくさんの友達《ともだち》ができたし、おり紙《がみ》もおぼえたので、院内学級《いんないがっきゅう》があってよかったと思《おも》いました。

ギブス

長坂《ながさか》　恵《めぐみ》（小学五年）

二《に》しゅうかんに一回《いっかい》
レントゲンがあるから
ギブスを切《き》って
また新《あたら》しいギブスをまく
ギブスをまくたびに
色《いろ》をかえてもらう
はじめは
白《しろ》ギブスに
雪《ゆき》だるまのもようのついた
ギブス
二《に》回目《かいめ》は

ピンクのギプス
赤《あか》　黄《き》　青《あお》　みどりの
ギプスもある
わたしは
全部《ぜんぶ》つけたことはないけど
色《いろ》つきギプスが
きにいった

本《ほん》音《ね》

赤《あか》ちゃんも　小《ちい》さな子《こ》どもも
みんなストレスたまっている
痛《いた》いことされて
思《おも》った通《とお》りにできなくて
みんな　みんな　つらいんだ
私《わたし》も　小《ちい》さい頃《ころ》
それなりにつらかった
いろんな痛《いた》いことされて
たくさん我慢《がまん》してきた
でも　今《いま》の私《わたし》は
あまりそれを覚《おぼ》えていない

上原久美子《うえはらくみこ》（高校二年）

まわりがどれだけ厳《きび》しいか
知《し》らず
泣《な》きたい時《とき》に泣《な》けて
わがままも許《ゆる》されて
いくらでも甘《あま》えられて
嫉妬《しっと》も知《し》らず
こんな気持《きも》ちになることもなく
そんな子《こ》どもたちが
時々《ときどき》　うらやましい
そんなふうに思《おも》う私《わたし》は
心《こころ》が狭《せま》い　いやな人間《にんげん》
でも　本当《ほんとう》の気持《きも》ち

時《とき》のなかで……

花里枝美《はなざとえみ》（中学二年）

長《なが》い人生《じんせい》のうち
たった半年間入院《はんとしかんにゅういん》しただけなのに
なんだかもう何年《なんねん》も
たったような気《き》がする……
そう
私《わたし》の「時《とき》」はとまってしまっている
一ヶ月《いっかげつ》が一年《いちねん》に感《かん》じ
季節《きせつ》もわからない
春《はる》には花《はな》が咲《さ》きみだれ
夏《なつ》は暑《あつ》く汗《あせ》を流《なが》し
秋《あき》は山《やま》が赤《あか》くそまっていく

冬《ふゆ》は寒《さむ》く雪《ゆき》がふる
病院《びょういん》にいると
暑《あつ》くもなく寒《さむ》くもなく
快適《かいてき》に暮《く》らせて……
でもやっぱり
暑《あつ》いときには汗《あせ》を流《なが》し
寒《さむ》いときはこごえる
そういう生活《せいかつ》の方《ほう》が季節《きせつ》を実感《じっかん》できる

そして学校《がっこう》に戻《もど》ると
また私《わたし》の「時《とき》」が流《なが》れ出《だ》す
少《すこ》しずつ……
少《すこ》しずつ……
ゆっくりと……

最後《さいご》のアイソレータ

佐々木《ささき》真明《まさあき》（小学六年）

十月二　六《じゅうがつにじゅうろく》の日《ひ》に　とうとう　アイソレータに入《はい》った。
その時《とき》、僕《ぼく》は、すごく元気《げんき》だったのに、急《きゅう》にアイソレータに入《はい》ってしまった。
それで一日《いちにち》だかたって婦長《ふちょう》さんに、個室《こしつ》に行《い》くよと言《い》った。
僕《ぼく》はなんでと言《い》った。
それは、これで最後《さいご》なんだからかんせいしないほうがいいでしょと言《い》った。
だから僕《ぼく》は最後《さいご》のアイソレータに入《はい》りながら個室《こしつ》にうつった。
個室《こしつ》は一人《ひとり》だから暇《ひま》だ。
大部屋《おおべや》だとみんなと話《はなし》ができるから暇《ひま》じゃない。
それで僕《ぼく》は、これで最後《さいご》だ、やったあと思《おも》った。
家《いえ》に帰《かえ》れば家《うち》のみんなとご飯《はん》を食《た》べれる。
（それ）だし遊《あそ》びにも行《い》ける。

病院《びょういん》だと家族《かぞく》とご飯《はん》を食《た》べれない。
家《うち》だと好《す》きな物《もの》だって食《た》べれる。
僕《ぼく》は早《はや》くはっけっ球《きゅう》があがればいいのになあと思《おも》う。
去年《きょねん》の八月二十六日《はちがつにじゅうろくにち》に入院《にゅういん》してもう一年《いちねん》のようはたつ。
一回二回《いっかいにかい》あぶない時《とき》があったけど、それも、のりきったんだからすごいよ僕《ぼく》の体《からだ》頑《がん》
張《ば》ってくれてありがとう。

しゅじゅつ

宮越由貴奈《みやこしゆきな》（小学三年）

わたしは
もう三回《さんかい》もしゅじゅつをした。
一回目《いっかいめ》は六才《ろくさい》の時《とき》だ。
さいしょは
とてもこわくてないちゃったけど
三回目《さんかいめ》は
お母《かあ》さんたちに
がんばってくるねと
わらって言《い》えた。
でもやっぱり
しゅじゅつはこわいな。

かんごふさん

田村由香《たむらゆか》（小学五年）

かんごふさんは
やさしい
夜中《よなか》はたらいているのに
つかれないのかなあ
いつも
にこにこ顔《がお》で
みてると
こっちも　わらえてくる
私《わたし》も　おとなになったら
かんごふさんに
なりたい

とり

佐々木真明《ささきまさあき》（小学六年）

へやから見《み》ていると
とんびがとんでいる
とんびはいいな
空《そら》を
気持《きも》ちよさそうに飛《と》んでいる
とりはいいな
つばさが付《つ》いているから
どこへども飛《と》んでいける
ぼくもあんなつばさがほしい
らくに空《そら》を飛《と》べるつばさを
このせなかに付《つ》けてほしい

おくすり

さとうゆき（四歳）

ゆきの一番《いちばん》ニガテなくすり、それは、〝ルゴール〟です。
飲《の》んだあととてもからいんです。
でも、飲《の》んだあとは、チョコ、あめ、など甘《あま》い物《もの》を食《た》べます。
〝おいしいおくすり〟はどこかにないかな？　そうすれば毎日楽《まいにちたの》しく飲《の》めるのに…。
ママ言《い》わくー。（ママもカゼひいた時《とき》は、おいしいおくすりがいいな!!）　だれか
開発《かいはつ》して下《くだ》さい！
よし、おくすりこれからも
　ガンバルぞ！

入院《にゅういん》してから1年《ねん》たって

坂本真美《さかもとまさみ》（中学三年）

その日《ひ》は、雨《あめ》がパラパラ降《ふ》って、じめったい日《ひ》に私《わたし》は入院《にゅういん》した。

ふりかえると、楽《たの》しいことよりつらい事《こと》のほうが多《おお》かった。がまんしなくちゃいけないことも。私《わたし》は、それが一番《いちばん》イヤだった。

人見知《ひとみし》りだったあの時《とき》は、ろくに看護婦《かんごふ》さんとも口《くち》をきけなかった。

それから一年《いちねん》たった今《いま》、15才《さい》になり、いちよう受験生《じゅけんせい》の身《み》である。あの頃《ころ》にくらべれば、看護婦《かんごふ》さんとも敬語《けいご》なしでおしゃべりできるようになった。

病気《びょうき》も、治《なお》りつつあるが、また半年《はんとし》の治療《ちりょう》が必要《ひつよう》だ。

一年《いちねん》たって私《わたし》の心《こころ》は弱虫《よわむし》だ。

一年前《いちねんまえ》はとても前向《まえむ》きの心《こころ》だったのに。

がんばりすぎたのかもしれない。

今度《こんど》からは甘《あま》えよう。

一年《いちねん》たってって長《なが》かったと簡単《かんたん》に口《くち》では言《い》うけれど。
長《なが》かった。

えいよう科《か》さんのおべんとう

塩原佳保里《しおはらかおり》（小学五年）

今日《きょう》は　おべんとう
おべんとうはいい
外《そと》で食《た》べるおべんとうは
もっといい
今日《きょう》は　天気《てんき》もいいし
風《かぜ》もなかった
えい養科《ようか》さんのおべんとうは
おいしかった
またやりたいなあ

楽《たの》しかった院内学級《いんないがっきゅう》

望月《もちづき》　亮《まこと》（小学四年）

ぼくは入院中《にゅういんちゅう》に二ヶ《にか》月間院内学級《げっかんいんないがっきゅう》へ通《かよ》っていました。そして退院《たいいん》してからも一ヶ《いっか》月間院内学級《げっかんいんないがっきゅう》へ通《かよ》わしてもらいました。この三ヶ《さんか》月間院内学級《げっかんいんないがっきゅう》では色々《いろいろ》な事《こと》がありました。まゆ玉作《だまづく》りやクッキー作《づく》り豊科南小学校《とよしなみなみしょうがっこう》のみなさんがしてくれた院内学級《いんないがっきゅう》をはげます会《かい》などなど本当《ほんとう》にこの三ヶ《さんか》月院内学級《げついんないがっきゅう》では色々《いろいろ》な事《こと》がありました。けれどもこの院内学級楽《いんないがっきゅうたの》しい事《こと》ばかりではありません。きびしい事《こと》もありました。クリマス会《かい》の音楽発表《おんがくはっぴょう》の練習《れんしゅう》。みんなきびしい練習《れんしゅう》にもたえてよくがんばりました。そしてこの三ヶ《さんか》月《げつ》ぼくはとても楽《たの》しい学校生活《がっこうせいかつ》が送《おく》れたと思《おも》います。

病《びょう》気《き》

藤本一宇《ふじもといちう》（中学三年）

この病気《びょうき》は
僕《ぼく》に何《なに》を教《おし》えてくれたのか
今《いま》ならわかる気《き》がする
病気《びょうき》になったばかりの頃《ころ》は
なぜ　どうして
それしか考《かんが》えられなかった
自分《じぶん》のしてきたことを
　ふりかえりもしないで
けどこの病気《びょうき》が気《き》づかせてくれた
僕《ぼく》に夢《ゆめ》もくれた
絶対僕《ぜったいぼく》には

病気《びょうき》が必要《ひつよう》だった
ありがとう

2回目《かいめ》の手術《しゅじゅつ》

佐々木《ささき》真明《まさあき》（小学六年）

24日《か》の日外泊《ひがいはく》して、26日《にち》の月曜日《げつようび》に手術《しゅじゅつ》をした。
1回目《かいめ》の手術《しゅじゅつ》より時間《じかん》がかかった。
それで部屋《へや》に帰《かえ》ってきた。
部屋《へや》に帰《かえ》ってきて酸素《さんそ》とかをつけた。
1回目《かいめ》の手術《しゅじゅつ》はキズがあまりいたくなかったけど、2回目《かいめ》の手術《しゅじゅつ》の方《ほう》がいたかった。
もう2度《ど》と手術《しゅじゅつ》はしたくないなと思《おも》っている。

外《がい》はく

外《がい》はくはいい
外《がい》はくで家《うち》に帰《かえ》れる
ほっと安心《あんしん》する
早《はや》く治《なお》ってもとの生活《せいかつ》にもどりたい
でも　今《いま》は
私《わたし》は外《がい》はくしかできない
みんなが待《ま》っててくれるから
私《わたし》は負《ま》けない
何《なに》があっても

塩原佳保里《しおはらかおり》（小学五年）

お母《かあ》さん

田《た》村《むら》由《ゆ》香《か》（小学五年）

いつもにこにこしている
お母《かあ》さん。
私《わたし》がしゅじつしているときも
ずっと
ずっと
そばにいてくれたよ。
うれしかったよ。

お父《とう》さん

にゅういんしてくるとき

いつも
いっしょにいた
お父《とう》さん。
家《いえ》にいるときはうるさいけど
しゅじつしているときは
しんぱいしていた。
すごいなあ
お父《とう》さんは

院内学級《いんないがっきゅう》の思《おも》い出《で》

盛田大介《もりただいすけ》（中学二年）

平成七年九月十二日《へいせいしちねんくがつじゅうににち》、長野日赤《ながのにっせき》からの紹介《しょうかい》でこども病院《びょういん》に転院《てんいん》してきました。日赤《にっせき》では、とても体《からだ》が痛《いた》くて、痛《いた》み止《ど》めをうって来《き》ました。日赤《にっせき》には院内学級《いんないがっきゅう》みたいな所《ところ》はなかったので、一人《ひとり》で勉強《べんきょう》をしていました。こども病院《びょういん》に来《き》て、病院《びょういん》の中《なか》に学校《がっこう》があるときいて、びっくりしました。最初《さいしょ》は、いろいろと不安《ふあん》でした。友達《ともだち》ができるか？とか、途中《とちゅう》で具合《ぐあ》いが悪《わる》くならないかとか…。でも、川舩先生《かわふねせんせい》や山本先生《やまもとせんせい》が、やさしく声《こえ》を掛《か》けてくれてとても行《い》きやすかったです。そのうち学校《がっこう》にも慣《な》れ、友達《ともだち》もいっぱいできて、毎日院内学級《まいにちいんないがっきゅう》へ行《い》くのが、楽《たの》しくなりました。

院内学級《いんないがっきゅう》では、国語《こくご》や数学《すうがく》みたいな難《むずか》しい勉強《べんきょう》だけでなく、楽《たの》しい事《こと》もやります。調理実習《ちょうりじっしゅう》でサンドイッチを作《つく》ったり、クッキーを焼《や》いたりしました。ぼくは、クッキーを作《つく》った事《こと》がなかったので、川舩先生《かわふねせんせい》や、女《おんな》の子《こ》に教《おし》えてもらいながら作《つく》りました。

11月《がつ》の下旬《げじゅん》ごろになると、クリスマス会《かい》へむけて、「生命《せいめい》のいぶき」という曲《きょく》を練習《れんしゅう》します。キーボードやリコーダなどを使《つか》って、みんなで演奏《えんそう》します。クリスマス会《かい》のほかにも、七夕会《たなばたかい》やいろいろな行事《ぎょうじ》で演奏《えんそう》します。一度《いちど》、テレビにも出《で》たことがありました。その時《とき》は、ぼくは部屋《へや》からでれなくて、演奏《えんそう》できませんでした。

それから習字《しゅうじ》も週《しゅう》に一度《いちど》あります。佐原先生《さはらせんせい》がボランティアで、教《おし》えに来《き》てくれます。ぼくは、「文化交流《ぶんかこうりゅう》」や「林間《りんかん》」などいろいろ書《か》きました。

焼《や》き物作《ものづく》りもやりました。みんな粘土《ねんど》の固《かた》まりを一生懸命《いっしょうけんめい》にねって作《つく》りました。粘土《ねんど》が固《かた》まってしまうと、やわらかくするのにすごく大変《たいへん》でねるだけで授業《じゅぎょう》が半分《はんぶん》終《お》わってしまいます。ぼくは、カップやお皿《さら》や灰皿《はいざら》、花《か》びん、茶飲《ちゃの》み、置《お》き物《もの》などを作《つく》りました。あとはかわかして焼《や》いて、うわ薬《ぐすり》を塗《ぬ》って完成《かんせい》です。でき上《あ》がるのが楽《たの》しみです。

最近《さいきん》の各自《かくじ》の時間《じかん》は、折《お》り紙《がみ》がはやっています。トトロや鳥《とり》や馬《うま》などいろいろかざってあります。入口《いりぐち》のドアは、もうかざる所《ところ》がないくらいかざってあります。ぼくは今《いま》まで折《お》り紙《がみ》をあまりやったことがなかったけどここへ来《き》て、いっぱい作《つく》れるようになりました。

勉強《べんきょう》の方《ほう》も院内学級《いんないがっきゅう》があって、とてもたすかっています。ぼくは数学《すうがく》を中心《ちゅうしん》に勉《べん》強《きょう》しているので、数学《すうがく》だけは、学校《がっこう》のみんなに、なんとかおいついています。でも少《すこ》しこまった事《こと》があります。それは、部屋《へや》がせまいことです。院内学級《いんないがっきゅう》へくる人《ひと》が、少《すく》ない時《とき》はいいのですが、多《おお》い時《とき》は、10人《にん》ちかく、来《く》ることがあります。そうなると、机《つくえ》の上《うえ》がいっぱいで、ノートなどの置《お》き場《ば》がありません。もっと部屋《へや》が広《ひろ》く、机《つくえ》がもっとあった方《ほう》が勉強《べんきょう》が捗《はかど》ると思《おも》います。

車《くるま》イス

僕《ぼく》は、車《くるま》イスに乗《の》って沢山走《たくさんはし》っています。
だから、大体《だいたい》の人《ひと》が僕《ぼく》の事《こと》を、知《し》っています。
でも、はやく車《くるま》イスでなく、自分《じぶん》の足《あし》で歩《ある》きたい。
だから、リハビリをガンバルゾーーー！

井下《いした》　京《けい》（中学一年）

退院《たいいん》を前《まえ》にして

上原久美子《うえはらくみこ》（高校二年）

今《いま》は偉《えら》そうなことを書《か》いている私《わたし》も
苦《くる》しいときは　苦《くる》しくて
思《おも》いどおりにいかない自分《じぶん》が悔《くや》しくて
普通《ふつう》に暮《く》らせる妹《いもうと》や友達《ともだち》がうらやましくて
なんで私《わたし》が……って思《おも》ってた
でも　なんで私《わたし》だけが、とは思《おも》わなかった
小《ちい》さなころから周《まわ》りを見《み》れば
髪《かみ》がない人《ひと》ばかりで
小《ちい》さいなりに　私《わたし》は倖《しあわ》せなんだと
わかっていたから
私《わたし》よりも長《なが》く入院《にゅういん》している人《ひと》はたくさんいて

皆《みんな》頑張《がんば》っていることを知《し》っていたから
辛《つら》くて　悲《かな》しくて　苦《くる》しくて
そんなことを繰《く》り返《かえ》し乗《の》り越《こ》えて
今《いま》の自分《じぶん》がいる
プラス思考《しこう》という言葉《ことば》を教《おし》えてくれた
あなたに感謝《かんしゃ》する
いつも支《ささ》えてくれた皆《みんな》に感謝《かんしゃ》する
あなたよりも先《さき》に退院《たいいん》するのは
とても後《うし》ろめたくもあり　なんだか悲《かな》しい
でも　先《さき》に行《い》くね
外《そと》は　ここよりも厳《きび》しくて大変《たいへん》だけど
がんばるね
ここで経験《けいけん》したこと　感《かん》じ取《と》ったことを
絶対忘《ぜったいわす》れず　がんばるね

生《う》まれたときから十七年間《じゅうしちねんかん》
ずっとずっと　つきあってきた病気《びょうき》
まだまだ　つきあうことになるけれど
とりあえず
今日《きょう》で　さようなら
あなたもがんばって
ありがとね
ありがとう

ともだち

田村由香《たむらゆか》（小学五年）

ともだちって　いいな
ともだちといると
なぜか
ほっとする
きげんが悪《わる》い時《とき》
ともだちにはなすと
なぜか
気《き》がらくになる
いいなあ　やっぱり

秋《あき》のお山《やま》

お山《やま》が赤《あか》や黄色《きいろ》になったね
お山《やま》は、葉《は》っぱのパーティーだ

すのはらひとみ（五歳）

バイ菌《きん》

もう病院《びょういん》はヤダ
バイ菌《きん》なんてなければいいのに

すのはらひとみ（五歳）

病《びょう》気《き》

この病気《びょうき》になって四ケ月《よんかげつ》
いつになったら
退院《たいいん》できるのかなあ
でも　この病気《びょうき》は神様《かみさま》が
くれたものだ
僕《ぼく》がこの病気《びょうき》に
ならなかったら
きっと
悪《わる》い心《こころ》の持《も》ち主《ぬし》だっただろう
ありがとう神様《かみさま》
僕《ぼく》を救《すく》ってくれて

藤本一宇《ふじもといちう》（中学三年）

もとの学校《がっこう》のみんながぼくを待《ま》っている

佐々木真明《ささきまさあき》（小学六年）

時々学校《ときどきがっこう》のみんなからのお手紙《てがみ》がくる。
ぼくはそれを読《よ》むとみんなのかおを思《おも》い出《だ》す。
だからぼくも早《はや》くなおってもとの学校《がっこう》にもどりたい。
「早《はや》く帰《かえ》ってみんなと勉強《べんきょう》をしたいなあ」
だけど、とうぶん学校《がっこう》に行《い》けない。
みんなの所《ところ》へ1日《にち》でも早《はや》く帰《かえ》りたいなあ。
ぼくはこのことをずうっとわすれない。
みんなの手紙《てがみ》にも、早《はや》く帰《かえ》って来《こ》いと書《か》いてある。
みんなと勉強《べんきょう》すると楽《たの》しい。
だけど算数《さんすう》はみんなきらいだ。
アイブイエッチもとれてバスケットとかサッカーをやりたいなあ。

早《はや》く早《はや》く1日《にち》でも早《はや》くアイブイエッチがなくなってほしい。

休日《きゅうじつ》の病院《びょういん》

宮越由貴奈《みやこしゆきな》（小学三年）

休日《きゅうじつ》の病院《びょういん》は、
とてもしずかだ。
しずかすぎて
びょういんじゃないみたいだ。
でも
月曜日《げつようび》になると
ちいさい子《こ》の
なきごえが聞《き》こえる。
かわいそうだな
いたそうだなと
いつも

さんぽに行《い》くと思《おも》う。

大切《たいせつ》な体《からだ》

佐々木真明《ささきまさあき》（小学六年）

最初《さいしょ》、病院《びょういん》に入院《にゅういん》する時《とき》、自分《じぶん》の体《からだ》を大切《たいせつ》な体《からだ》だと思《おも》った。入院《にゅういん》する前家《まえいえ》で、夜急《よるきゅう》に、こしのへんがいたくなってきたと、お母《かあ》さんに言《い》った。でもお母《かあ》さんは、たぶんどこかでぶったんじゃない?と言《い》った。それで次《つぎ》の日《ひ》、病院《びょういん》に行《い》っていろいろ検査《けんさ》をした。エコーとレントゲンとか、いろいろした。それでエコーをしたら、しこりと言《い》うでき物《もの》があった。それで先生《せんせい》は、手術《しゅじゅつ》をしないと直《なお》らないと言《い》った。先生《せんせい》が手術《しゅじゅつ》をしなきゃと言《い》ったら、ぼくは、ずーとないていた。お母《かあ》さんお父《とう》さんも、先生《せんせい》が手術《しゅじゅつ》と言《い》った時《とき》、目《め》を大《おお》きくして、なみだがでていた。

でもぼくは、手術《しゅじゅつ》をすればなおるんだからと思《おも》った。それで、飯田市立病院《いいだしりつびょういん》で、とよしなにある県立《けんりつ》こども病院《びょういん》に行《い》ってくださいと言《い》われた。ぼくは飯田市立病《いいだしりつびょ》院《ういん》でできると思《おも》ったら、ちりょうの薬《くすり》がないと言《い》ったから。

とよしなの県立《けんりつ》こども病院《びょういん》に来《き》た。くる時《とき》、朝《あさ》7時《じ》ごろから家《いえ》を出《で》た。県立《けんりつ》こども病院《びょういん》についたのは、9時《じ》ごろだった。くる時《とき》、くたびれてしまった。

実《じっ》感《かん》

上原久美子《うえはらくみこ》（高校二年）

食《た》べたいと思《おも》える
食《た》べれる
眠《ねむ》たいと思《おも》える
眠《ねむ》れる
自分《じぶん》で歩《ある》いてトイレに行《い》き
自分《じぶん》で排便《はいべん》できること
起《お》きあがりたいと思《おも》えば
起《お》きれて
しゃべりたいと思《おも》えば
しゃべれて

外《そと》に出《で》たいと思《おも》えば
出《で》れて
他《ほか》にもたくさん
書《か》き切《き》れないくらい
そう　すべてが幸《しあわ》せ
今《いま》
私《わたし》がこう考《かんが》えることができて
それをつらい気持《きも》ちではなく
明《あか》るくスラッと書《か》けること
それも　しあわせ

冬《ふゆ》の外泊《がいはく》

すず木《き》あや（小学三年）

きょうとつぜん
小口先生《おぐちせんせい》が
外泊《がいはく》をゆるしてくれた
外《そと》に出《で》たら
思《おも》っていたよりはさむくなかった
すずしくて気持《きも》ちよかった
帰《かえ》る車《くるま》に乗《の》って
長《なが》い間《あいだ》考《かんが》えた
家《いえ》に着《つ》いたら
みんなはどんな顔《かお》するんだろう
今《いま》わたしのことを

どう思《おも》いながら待《ま》っているのだろう
楽《たの》しみだな
ドアを開《あ》けて「ただいま」
中《なか》からお姉《ねえ》ちゃんが
「おかえり」
ああやっと
ちょっとの間家《あいだいえ》にいられるんだ
そしてあした三年生《さんねんせい》の
　学習発表会《がくしゅうはっぴょうかい》が見《み》れるんだ
久《ひさ》しぶりに友《とも》だちに会《あ》えるんだ
最高《さいこう》の日《ひ》だ
夕食《ゆうしょく》にケンタッキーを食《た》べた
お父《とう》さんが切《き》ったおさしみも食《た》べた
あまエビのようないかさしの味《あじ》が口《くち》の中《なか》でひろがった

家《いえ》のトイレは
こおりそうにさむかった
おふろに行《い》くときも
すごくさむかった
そんなときこう思《おも》った
ここがあったかくなり始《はじ》めたらたいいんしたいな
なんどもそう思《おも》いながら
びょう院《いん》にもどってきた

びょうき

田村由香《たむらゆか》（小学五年）
びょうきにはいろいろある
おもいびょうきの人《ひと》もいる
かるいびょうきの人《ひと》もいる
びょうきだからって
くじけちゃいけない
つよきになってやれば
かならずびょうきにかてる
自分《じぶん》じしんで
がんばろう

ゆきのひとりごと

さとうゆき（四歳）

ママは毎日《まいにち》お店《みせ》へお買《か》い物《もの》に行《い》っています。

セブンイレブン、サティ、西友《せいゆう》、アップルランドに…。そうです。ごはんを買《か》いに行《い》ってます。

お店《みせ》もお休《やす》みはあるのかな？

あーあ、いつもママばかり。たまにはゆきも行《い》きたいよ。

お店《みせ》にはいろいろな物《もの》があって見《み》ていてあきないよ。楽《たの》しいよ。

ゆきが大人《おとな》になって、ママが子供《こども》になったら、ゆきが車《くるま》に乗《の》って、お買《か》い物《もの》に行《い》こう!!

退《たい》　院《いん》

塩原佳保里《しおはらかおり》（小学五年）

私《わたし》が退院《たいいん》したらみんな悲《かな》しがる
私《わたし》はうれしいけど
みんなは悲《かな》しい
でもいつかみんなも退院《たいいん》できる
私《わたし》も長《なが》かった
七月三十日《しちがつさんじゅうにち》から十二月十一日《じゅうにがつじゅういちにち》
四ケ月《よんかげつ》ぐらいかな？
最初《さいしょ》はすごく心細《こころぼそ》かった
けれどへやのみんなと
ともだちになって
入院《にゅういん》が楽《たの》しくなった

入院生活《にゅういんせいかつ》

匿名《とくめい》（中学一年）

私《わたし》が、こども病院《びょういん》に入院《にゅういん》したのは、小学校《しょうがっこう》5年生《ねんせい》の春《はる》でした。その時《とき》は足《あし》が痛《い》たくて、勉強《べんきょう》のことなど、考《かんが》えられませんでした。でもそのうち、だんだん気《き》になり始《はじ》めて、「勉強《べんきょう》おくれてないかな？」などすごく心配《しんぱい》になってきました。小学校《しょうがっこう》6年生《ねんせい》の4月《がつ》、病院《びょういん》に院内学級《いんないがっきゅう》が出来《でき》ると聞《き》き、とてもうれしく思《おも》いました。私《わたし》は開《かい》設式《せっしき》の児童代表《じどうだいひょう》のあいさつをやりました。その日《ひ》から、毎日《まいにち》がとても楽《たの》しくなりました。授業《じゅぎょう》も楽《たの》しかったです。私《わたし》の入院中《にゅういんちゅう》で2回《かい》も調理実習《ちょうりじっしゅう》をしました。1回目《かいめ》はサンドウィッチ、2回目《かいめ》はクッキーを作《つく》りました。クッキーを焼《や》いている時《とき》、廊《ろう》下《か》を通《とお》る先生《せんせい》や看護師《かんごし》さん達《たち》みんなが、「いいにおいだねおいしそう！」など声《こえ》をかけてくれました。あとで食《た》べてみてすごくおいしかったです。沢山《たくさん》の行事《ぎょうじ》にも参《さん》加《か》しました。七夕会《たなばたかい》、クリスマス会《かい》では、院内学級《いんないがっきゅう》のみんなで合奏《がっそう》をしました。「生命《せいめい》のいぶき」、「ミッキーマウスマーチ」など、どちらも上手《じょうず》に演奏《えんそう》できました。

院内学級《いんないがっきゅう》ができてからとても楽《たの》しい入院生活《にゅういんせいかつ》を送《おく》ることができました。山本先生《やまもとせんせい》、川舩先生《かわふねせんせい》、ありがとうございました。

＊アイソレーターは、移動型無菌《いどうがたむきん》ベッド装置《そうち》のこと、ＩＶＨ（アイブイエッチ）は中心静脈《ちゅうしんじょうみゃく》カテーテルのことです。
（編集部《へんしゅうぶ》）

子《こ》どもたちと共《とも》に

作文《さくぶん》や詩《し》、絵《え》を書《か》き残《のこ》して亡《な》くなった子《こ》ども、今《いま》なお、病気《びょうき》と闘《たたか》っている子《こ》どものお父《とう》さん、お母《かあ》さんが、子《こ》どもたちの当時《とうじ》の様子《ようす》や心境《しんきょう》を代弁《だいべん》しました。また、病気《びょうき》を克服《こくふく》した子《こ》どもたちが、生《い》きることの素晴《すば》らしさを語《かた》っています。

井下京《いしたけい》さんの母《はは》　かよさん

『ボクは、弱《よわ》くないぞ』、平成四年《へいせいよねん》、七歳《ななさい》の時《とき》、ユーイング肉腫《にくしゅ》と診断《しんだん》され、信州大《しんしゅうだい》で手術《しゅじゅつ》、入院《にゅういん》しました。平成《へいせい》九年《くねん》、十二歳《じゅうにさい》の時《とき》、左足《ひだりあし》の骨《ほね》を伸《の》ばす創外固定器《そうがいこていき》をつけるため、こども病院《びょういん》に入院《にゅういん》しました。でも、みんなの輪《わ》の中《なか》に入《はい》れず円形脱毛症《えんけいだつもうしょう》になり院内《いんない》の学級《がっきゅう》も休《やす》みがちだった当時《とうじ》の心境《しんきょう》の葛藤《かっとう》が窺《うかが》えます。『車《くるま》イス』、自分《じぶん》の足《あし》のかわりの車《くるま》車《くるま》イスで走《はし》りまわることがストレス解消法《かいしょうほう》でした。『僕《ぼく》は今《いま》……』、創外固定器《そうがいこていき》をつけて三《さん》十六日目《じゅうろくにちめ》の詩《し》です。しびれや痛《いた》みがあり、〝どうしてこんなに痛《いた》いの〟〝どうしてしびれるの〟――と言《い》ってよく泣《な》いていました。骨延長《こつえんちょう》も予定通《よていどお》りに伸《の》ばすことができず、毎《まい》日《にち》イライラしていました。

上原久美子《うえはらくみこ》さん

三歳《さんさい》の時《とき》、先天性好中球減少症《せんてんせいこうちゅうきゅうげんしょうしょう》と診断《しんだん》され、その後《ご》、入退院《にゅうたいいん》を繰《く》り返《かえ》しながら生《せい》活《かつ》し、十六歳《じゅうろくさい》の時《とき》、骨髄移植《こつずいいしょく》を受《う》けた。詩《し》はその時《とき》、書《か》いたものです。私《わたし》は、幸《しあわ》せだと思《おも》う。もちろん、毎日《まいにち》の暮《く》らしの中《なか》でつらいことも悲《かな》しいこともあるけれど、それも生《い》きているからこそだと思《おも》う。私《わたし》にとって病気《びょうき》は「当《あ》たり前《まえ》のもの」だった。病気《びょうき》＝不幸《ふこう》ではなくて、その中《なか》で私《わたし》なりに楽《たの》しく精一杯《せいいっぱい》生きてきて、それはこれからも変《か》わらないと思《おも》う。もちろん、健康《けんこう》な身体《からだ》だったらどんなに楽《らく》だったろうと思《おも》う。その反面《はんめん》、病気《びょうき》があったからこそ、いまの自分《じぶん》がいるが、病気《びょうき》をしてよかったとは絶対《ぜったい》に言《い》えない。そんな割《わ》り切《き》れないものも感《かん》じる。病気《びょうき》を通《とお》してさまざまな人《ひと》に出会《であ》い、さまざまな思《おも》いをした。悲《かな》しいこともあったけれど、楽《たの》しいこともあったんだよ。そう思《おも》う。

荻上尚樹《おぎうえなおき》君《くん》の父《ちち》　良尚《よしなお》さん

小学校三年生《しょうがっこうさんねんせい》の春《はる》から、足《あし》の痛《いた》みに悩《なや》んでいたようですが、我慢強《がまんづよ》い子《こ》で、運動会《うんどうかい》やマラソンもがんばっていました。三年生《さんねんせい》の冬《ふゆ》にペルテスだということで、三《さん》ヶ月間《かげつかん》、入院《にゅういん》、手術《しゅじゅつ》をしました。動《うご》きたいさかりの子《こ》をベッドに縛《しば》り付《つ》けて、院内学級《いんないがっきゅう》へオリガミをしに行《い》くのがとても楽《たの》しみだったようです。今《いま》は高校一年生《こうこういちねんせい》で、バスケット部《ぶ》に入《はい》り、毎日《まいにち》がんばっています。

熊井政充君《くまいのりみつくん》の父《ちち》　宏充《ひろみつ》さん

四歳《よんさい》の時《とき》、ペルテス病《びょう》と診断《しんだん》されました。このカレンダーの絵《え》は、発病《はつびょう》から二年後《にねんご》、二年生《にねんせい》の七月《しちがつ》に、手術《しゅじゅつ》。股関節《こかんせつ》の手術《しゅじゅつ》のため、胸《むね》から右足《みぎあし》のつま先《さき》までギプスの状態《じょうたい》の時《とき》、ストレッチャーで院内学級《いんないがっきゅう》に通《かよ》っている時《とき》に書《か》いたものです。ペルテス病《びょう》は命《いのち》にかかわる病気《びょうき》ではないが、一番走《いちばんはし》ったり、跳《は》ねたり、遊《あそ》びたい時《とき》に発病《はつびょう》。それから二年間《にねんかん》はトイレとお風呂以外《ふろいがい》は進行《しんこう》を防《ふせ》ぐためにはずせない装置《そうち》。手術後《しゅじゅつご》も右足《みぎあし》をつかないように松葉杖《まつばづえ》の生活《せいかつ》。思《おも》いっきり遊《あそ》びたいけれど自由《じゆう》に遊《あそ》ぶこともできずいじめられる毎日《まいにち》。兄弟《きょうだい》には「がまん」「がまんしてね」と難問《なんもん》の毎日《まいにち》。『艱難汝《かんなんなんじ》を玉《たま》にす』の言葉《ことば》を胸《むね》に「こんなこともあったね」と笑《わら》って話《はな》せる明日《あした》が来《く》ることを信《しん》じ頑張《がんば》ります。

坂本真美《さかもとまさみ》さんの父《ちち》　秀明《ひであき》さん

中学二年《ちゅうがくにねん》、夏休《なつやす》みに入《はい》ったその日《ひ》、急《きゅう》な高熱《こうねつ》で救急病院《きゅうきゅうびょういん》へ。検査《けんさ》の結果《けっか》、医師《いし》から、命《いのち》に関《かか》わる重大《じゅうだい》な病気《びょうき》であると、通告《つうこく》されました。このときは何《なに》を言《い》われているのか頭《あたま》の中《なか》は真《ま》っ白《しろ》、空《から》っぽに。未《いま》だに、この時期《じき》の記憶《きおく》はありません。ある日《ひ》、先生《せんせい》から長《なが》野《の》のこども病院《びょういん》へ行《い》きませんかといわれ、転院《てんいん》しました。石井先生《いしいせんせい》の診察《しんさつ》を受《う》けすぐに治療《ちりょう》に入《はい》りました。この間《かん》、先生方《せんせいがた》、看護婦《かんごふ》さん達《たち》の温《あたた》かい励《はげ》ましの言葉《ことば》に、遠《とお》くても安心《あんしん》して娘《むすめ》を預《あず》けることができました。娘《むすめ》も、先生《せんせい》はお父《とう》さん、看護婦《かんごふ》さんはお姉《ねえ》さん、お母《かあ》さん代《が》わりと言《い》っていました。平成十年十一月十四日《へいせいじゅうねんじゅうがつじゅうよっか》、十五歳《じゅうごさい》でこの世《よ》を去《さ》りました。宝物《たからもの》のようにして育《そだ》ててきた娘《むすめ》がこのようになるなんて……。ちょっとお節介《せっかい》でみんなのリーダーだった（後《のち》に娘《むすめ》の友達《ともだち》が話《はな》してくれました）娘《むすめ》が、今《いま》でも、元気良《げんきよ》く「ただいま」と言《い》って帰《かえ》って来《く》るような気《き》がします。

佐々木真明君《ささきまさあきくん》の母《はは》　明美《あけみ》さん

当時《とうじ》、息子《むすこ》は小学五年生《しょうがくごねんせい》で、とてもそんな重《おも》い病《やまい》を抱《かか》えているとは思《おも》ってもいませんでした。元気《げんき》で飛《と》び回《まわ》っている普通《ふつう》の子《こ》どもさんと何《なん》の変《か》わりもなかったそんな折《おり》、検査《けんさ》で病気《びょうき》が分《わ》かりました。私達《わたしたち》はその時《とき》、何《なに》も手《て》につかず、泣《な》いて泣《な》きまくりました。大声《おおごえ》で、「なぜ、うちの息子《むすこ》が……」と泣《な》き崩《くず》れていました。小《ちい》さいころの息子《むすこ》、あんなこともあった、こんなこともあった、とそんなことを思《おも》っているうちに、絶対《ぜったい》にうちの子《こ》は病気《びょうき》になんて負《ま》けないと、心《こころ》の中《なか》で言《い》い聞《き》かせていました。一番大変《いちばんたいへん》なのは息子《むすこ》で、これから病気《びょうき》と闘《たたか》っていかなければいけない。私達《わたしたち》は泣《な》いてばかりいられない、息子《むすこ》の心《こころ》の支《ささ》えになってやらなければ……と思《おも》い、毎日《まいにち》、飯田《いいだ》から豊科《とよしな》までの長《なが》い道《みち》のりを通《かよ》いました。その当時《とうじ》の私達《わたしたち》は必死《ひっし》でした。同時《どうじ》に、全力《ぜんりょく》で治療《ちりょう》に取《と》り組《く》んでくれた先生方《せんせいがた》に、ただ、ありがとうという気持《きも》ちで一杯《いっぱい》でした。

佐藤由紀《さとうゆき》さんの母《はは》　博美《ひろみ》さん

二歳三ヶ月《にさいさんかげつ》で神経芽細胞腫《しんけいがさいぼうしゅ》と診断《しんだん》され、五歳《ごさい》で亡《な》くなりました。『おくすり』、つぶや粉《こな》や液体《えきたい》と、色々飲《いろいろの》みました。飲《の》んだ直後《ちょくご》に吐《は》いたことも何回《なんかい》かありましたが、子《こ》どもながらにも飲《の》まなくては治《なお》らないと思《おも》い、がんばっていました。でも、血圧《けつあつ》を下《さ》げる薬《くすり》は本当《ほんとう》に嫌《いや》だったようです。『外泊《がいはく》』、二歳年下《にさいとしした》の妹《いもうと》がいますが、家《いえ》に帰《かえ》るたびに一緒《いっしょ》に遊《あそ》んであげたり、面倒《めんどう》をよくみてくれました。とてもやさしい子《こ》どもでした。『ゆきのひとりごと』、病院《びょういん》から外《そと》に出《で》ることができなかったので、私《わたし》が一人《ひとり》で買《か》い物《もの》に行《い》くのですが、由紀《ゆき》も一緒《いっしょ》に行《い》きたかったと思《おも》います。いつもうらやましそうにしていました。

〝ママはいいなあ〟ってつぶやいていました。行《い》きたくても行《い》けない。ずっと我慢《がまん》していたんでしょうね。

塩原佳保里《しおはらかおり》さん

私《わたし》はこの作品《さくひん》を書《か》いた時《とき》のことはあんまりよく覚《おぼ》えていないけど、この時《とき》の病院生活《びょういんせいかつ》はとっても楽《たの》しかったことは覚《おぼ》えています。ゆきなちゃんをはじめたくさんの友達《ともだち》に出《で》会《あ》えてすごく良《よ》かったと今《いま》でも思《おも》っています。この頃私《ころわたし》は5年生《ねんせい》で同《おな》じ年《とし》の子《こ》がたくさんいて超楽《ちょうたの》しかったです。あの時《とき》は11歳《さい》で今《いま》は高《こう》2の17歳《さい》です。

末盛綾華《すえもりあやか》さんの父《ちち》　裕之《ひろゆき》さん

病気《びょうき》のために病室《びょうしつ》からも外《そと》にでることもできなかった娘《むすめ》が、病室《びょうしつ》で毎日《まちにち》書《か》いていた絵《え》でした。

きっとその時《とき》、一番《いちばん》したかったことの気持《きも》ちの表《あらわ》れとして、この絵《え》を描《か》いていたんだと思《おも》います。

鈴木《すずき》綾《あや》さん

初《はじ》めての病院生活《びょういんせいかつ》や薬《くすり》の副作用《ふくさよう》、体《からだ》の痛《いた》みなどを誰《だれ》かに分《わ》かってほしくてこのような詩《し》を書《か》いていました。でも、この時《とき》の私《わたし》が小学校三年生《しょうがっこうさんねんせい》だったこともあり、語《ご》いがとぼしくその時《とき》の気持《きも》ちがうまく伝《つた》わってこないかもしれません。看護婦《かんごふ》さんや主治医《しゅじい》の先生《せんせい》に、体《からだ》の痛《いた》みを伝《つた》えるのも本当《ほんとう》に苦労《くろう》しました。もどかしい気持《きも》ちで毎日《まいにち》を過《す》ごしていました。

私《わたし》の病気《びょうき》は、膠原病《こうげんびょう》の皮膚《ひふ》きん炎《えん》というものです。薬《くすり》の副作用《ふくさよう》でムーンフェイス（顔《かお》がふくれてくる）になったり体重《たいじゅう》が増《ふ》えたりして腰《こし》が痛《いた》くなってきます。今《いま》は病気《びょうき》が安《あん》定《てい》しているので薬《くすり》の副作用《ふくさよう》もほとんど気《き》になりません。

現在《げんざい》、普通《ふつう》に中学校生活《ちゅうがっこうせいかつ》を送《おく》れていることが幸《しあわ》せです。

春原仁美《すのはらひとみ》さんの母《はは》　礼子《れいこ》さん

三歳《さんさい》の時脳腫瘍《ときのうしゅよう》と診断《しんだん》され、六歳《ろくさい》で亡《な》くなりました。

無菌状態《むきんじょうたい》の時《とき》が多《おお》かった仁美《ひとみ》はよくベッドの上《うえ》を散《ち》らかして遊《あそ》んでいました。折《お》り紙《がみ》を折《お》ったり絵《え》を描《か》いたり。幼稚園《ようちえん》でやるようなことをいつもベッドの狭《せま》い所《ところ》でやっていました。

武田真梨子《たけだまりこ》さんの母《はは》　光江《みつえ》さん

このカレンダーの絵《え》は、神経芽細胞腫《しんけいがさいぼうしゅ》が再発《さいはつ》して二度目《にどめ》の入院《にゅういん》の時《とき》に描《か》いたものです。二度目《にどめ》の入院《にゅういん》とあって先生方《せんせいがた》、看護師《かんごし》さんと顔見知《かおみし》りとあってとても楽《たの》しいリラックスした生活《せいかつ》を送《おく》れました。しかし病気《びょうき》は確実《かくじつ》にきびしいものでした。一回目《いっかいめ》の入院《にゅういん》よりつらい治療《ちりょう》。治療《ちりょう》のあとの許可《きょか》が出《で》るまでベッドの上《うえ》のみの生活《せいかつ》が続《つづ》きやっと院内学級《いんないがっきゅう》へ行《い》けるようになったときに描《か》いたものです。うさぎは二歳年上《にさいとしうえ》の大好《だいす》きな姉《あね》のまねをしておぼえたものです。ひまわりは夏《なつ》の空《そら》に大《おお》きく咲《さ》くもので自分《じぶん》もおもいっきり外《そと》で遊《あそ》びたい思《おも》いが込《こ》められています。残念《ざんねん》ながらこの絵《え》を描《か》いたあとひまわりを見《み》ることはありませんでしたが、病院《びょういん》の先生《せんせい》は御自宅《ごじたく》に、そして一度《いちど》も学校《がっこう》へ通《かよ》えなくても担任《たんにん》の先生《せんせい》とクラスのお友《とも》だちがいっしょに勉強《べんきょう》しようねとこの絵《え》を飾《かざ》ってくれています。感《かん》謝《しゃ》の気持《きもち》でいっぱいです。そしてあの子《こ》の絵《え》は生《い》きています。お空《そら》から『ありがとう』とはずかしそうに笑《わら》って見守《みまも》ってくれてます。

田畑直希《たばたなおき》君《くん》の父《ちち》　恵一《けいいち》さん

サッカーを始《はじ》めたばかりの小学校二年生《しょうがっこうにねんせい》の秋《あき》に、病気《びょうき》がわかり三年生《さんねんせい》の五月《ごがつ》にこども病院《びょういん》に入院《にゅういん》しました。親《おや》は不安《ふあん》ばかりでしたが、同《おな》じ病室《びょうしつ》の子供《こども》さんや院内学級《いんないがっきゅう》でいっしょだった友達《ともだち》、そのお母《かあ》さん達《たち》との交流《こうりゅう》で心《こころ》がホッとすることもありました。今《いま》、中《ちゅう》三《さん》になり元気《げんき》でサッカーをしている息子《むすこ》の姿《すがた》を見《み》ると、お世話《せわ》になった病院《びょういん》の先生《せんせい》、看《かん》護婦《ごふ》さん、院内学級《いんないがっきゅう》の山本先生《やまもとせんせい》に感謝《かんしゃ》の気持《きも》ちでいっぱいです。

長坂恵《ながさかめぐみ》さんの母《はは》　さよ子《こ》さん

小学五年生《しょうがくごねんせい》の時《とき》の作品《さくひん》です。これ以前《いぜん》は、まだ院内学級《いんないがっきゅう》もなく一時《いちじ》退院《たいいん》もしくは退院《たいいん》したとき、学校《がっこう》の勉強《べんきょう》、友達《ともだち》の中《なか》に入《はい》っていくのも不安《ふあん》を抱《かか》えていました。以後《いご》、院内《いんない》学級《がっきゅう》ができ、病気《びょうき》は違《ちが》うけれど、同《おな》じ立場《たちば》の子《こ》どもたちと一緒《いっしょ》に学《まな》んでいくなか、自分《じぶん》の居場所《いばしょ》をつくることができ、それが自信《じしん》となり、退院《たいいん》しても安心《あんしん》して学校《がっこう》に戻《もど》ることができました。その喜《よろこ》びは何物《なにもの》にも変《か》えられません。その娘《むすめ》も今《いま》は十七歳《じゅうななさい》。あのころ、由貴奈《ゆきな》ちゃんの作品《さくひん》『命《いのち》』に出会《であ》って、生《い》きることに心動《こころうご》かされ、救《すく》われたひとりでした。今度《こんど》は、自分《じぶん》が受《う》けた感動《かんどう》を、そしてひとりひとりが自分《じぶん》を大切《たいせつ》に生《い》きて欲《ほ》しいという気持《きも》ちから『生《い》きるということ』と題《だい》した作文《さくぶん》を書《か》き、全校生徒《ぜんこうせいと》の前《まえ》で発表《はっぴょう》することができました。友《とも》に感謝《かんしゃ》！

西澤弘宣《にしざわひろのぶ》さんの父《ちち》　弘《ひろし》さん

九歳《きゅうさい》の九月《くがつ》に、ペルテス病《びょう》と診断《しんだん》され、約二《やくに》ヶ月《かげつ》の入院《にゅういん》。入院時《にゅういんじ》、院内学級《いんないがっきゅう》で作《つく》った作品《さくひん》です。退院《たいいん》してから一年間《いちねんかん》の車《くるま》いすの生活《せいかつ》をし、今《いま》は松葉《まつば》づえで学校《がっこう》にかよっています。

花里枝美《はなざとえみ》さん

私《わたし》が中学二年《ちゅうがくにねん》の春休《はるやす》みに入院《にゅういん》が決《き》まり長《なが》い闘病生活《とうびょうせいかつ》の始《はじ》まりでした。初《はじ》めて病室《びょうしつ》に入《はい》った時《とき》、スカーフをかぶった女《おんな》の子《こ》がベッドにすわり心配《しんぱい》そうにこちらを見《み》ていたのが、由貴奈《ゆきな》ちゃんでした。

手術後寝《しゅじゅつごね》たきりになってしまい、自分《じぶん》では何《なに》もする事《こと》ができなくって〝もうこんなの耐《た》えられない〟と思《おも》った日《ひ》が何日《なんにち》も続《つづ》きました。そんな時彼女《ときかのじょ》は私《わたし》の事《こと》を心配《しんぱい》し、毎日《まいにち》私《わたし》のベッドの横《よこ》にきて、〝私《わたし》も頑張《がんば》るからお姉《ねえ》ちゃんも頑張《がんば》ってね〟と私《わたし》を励《はげ》ましてくれたのです。

七ケ月《ななかげつ》の間《あいだ》、途中《とちゅう》ハプニングもありましたが十月一日退院《じゅうがつついたちたいいん》し、その何日《なんにち》か前《まえ》に彼女《かのじょ》も退院《たいいん》して行《い》きました。

それから四年半《よねんはん》の歳月《さいげつ》が流《なが》れ、今私《いまわたし》は小《ちい》さい頃《ころ》からの夢《ゆめ》であった看護師《かんごし》になる為《ため》、看護学校《かんごがっこう》に通《かよ》っています。病院《びょういん》での体験《たいけん》を通《とお》して病気《びょうき》の子供達《こどもたち》を救《すく》いたいと思《おも》っています。これからも〝精一杯《せいいっぱいい》生きる〟という気持《きも》ちを大切《たいせつ》に生活《せいかつ》していきたいです。

日原智大君《ひはらともひろくん》の母《はは》　琴美《ことみ》さん

この詩《し》を書《か》いたのは、小学四年生《しょうがくよねんせい》のころです。もう、四《し》、五年前《ごねんまえ》になります。

二年三ヵ月《にねんさんげつ》と、長《なが》い入院生活《にゅういんせいかつ》の時《とき》で、外《そと》の空気《くうき》に少《すこ》しでも触《ふ》れたいころでした。

ある時《とき》、保育園《ほいくえん》ではじめて走《はし》った事《こと》を思《おも》い出《だ》して、「もう一度《いちど》思《おも》いきり走《はし》ってみたいな」とつぶやきました。走《はし》ったと言《い》っても、友達《ともだち》が歩《ある》くのよりも遅《おそ》いくらいの速《はや》さで、休《やす》みながら、でも智大《ともひろ》の中《なか》では一生懸命《いっしょうけんめい》走《はし》ったんです。その時体《ときからだ》に感《かん》じた空気《くうき》、風《かぜ》をもう一度《いちど》感《かん》じたくて、この詩《し》になったんだと思《おも》います。

今《いま》はもう、歩《ある》く事《こと》も、一人《ひとり》で立《た》つ事《こと》もできません。喉《のど》には、カニューレが入《はい》っているので声《こえ》も出《で》ません。でも今《いま》の夢《ゆめ》は、家族《かぞく》で北海道《ほっかいどう》に行《い》く事《こと》、同《おな》じ病気《びょうき》の友達《ともだち》と、ディズニーランドに行《い》く事《こと》と、思《おも》いをめぐらせています。

深沢礼《ふかざわあや》さん

私《わたし》は、治《ち》りょうが終《お》わり明日退院《あしたたいいん》する。皆《みんな》は、まだつらい治《ち》りょうがあるからがんばってほしい。そう思《おも》って書《か》いた詩《し》です。

藤原浩実《ふじわらひろみ》さんの父《ちち》　理康《のりやす》さん

去年《きょねん》の今頃《いまごろ》、苦《くる》しい治療《ちりょう》にたえて治癒《ちゆ》しました。現在《げんざい》はバレー部《ぶ》に入《はい》り一日《いちにち》も休《やす》まずがんばっています。元気《げんき》に飛《と》び回《まわ》れる幸《しあわ》せを知《し》った子《こ》です。人様《ひとさま》のお役《やく》に立《た》てる子《こ》になってほしいと願《ねが》っています。

藤本一宇《ふじもといちう》さん

私《わたし》は入院中《にゅういんちゅう》、病気《びょうき》に苦《くる》しむ子供《こども》たちを必死《ひっし》で看病《かんびょう》する両親《りょうしん》、暖《あたた》かく、手厚《てあつ》い看病《かんびょう》をしてくれた先生《せんせい》や看護師《かんごし》の方々《かたがた》、そして院内学級《いんないがっきゅう》の先生方《せんせいがた》に出会《であ》いました。先生方《せんせいがた》は、いつも明《あか》るく笑顔《えがお》で接《せっ》してくれました。そのような幸《しあわ》せな環境《かんきょう》の中《なか》で私《わたし》は多《おお》くの夢《ゆめ》をもらうことができました。「小学校《しょうがっこう》の先生《せんせい》になりたい」。退院《たいいん》するころ、そう思《おも》うようになっていました。いくつかの別《わか》れを経験《けいけん》しました。「命《いのち》」。当時《とうじ》、毎日《まいにち》のように一緒《いっしょ》に遊《あそ》んでいた七人《ななにん》の友《とも》だちとの別《わか》れ。会《あ》いたいと思《おも》っても、笑顔《えがお》が見《み》たいと思《おも》っても……、もう、彼《かれ》らには会《あ》うことは出来《でき》ないけれど、何《なに》もしてあげられないけれど、七人分《ななにんぶん》、一生懸命《いっしょうけんめい》生《い》きようと誓《ちか》いました。それが今《いま》の自分《じぶん》の目標《もくひょう》です。平成十四年《へいせいじゅうよねん》、私《わたし》は小学校《しょうがっこう》の先生《せんせい》になるために勉強《べんきょう》をしています。自分《じぶん》が何《なに》をしているのか分《わ》からないときもあります。でも、こども病院《びょういん》での出会《であ》いと別《わか》れを忘《わす》れずに生《い》きていこうと思《おも》います。病気《びょうき》を体験《たいけん》して、生《い》かされて、生《い》きるという言葉《ことば》、本当《ほんとう》にその通《とお》りだと思《おも》いました。

逸見瞳《へんみひとみ》さんの父《ちち》　寛美《ひろみ》さん

中学《ちゅうがく》に入学《にゅうがく》した四月《しがつ》に発病《はつびょう》し、六月《ろくがつ》に入院《にゅういん》しました。なかなか、良《よ》くならない病気《びょうき》で検査《けんさ》のたびに悪《わる》くなりましたが、片親《かたおや》の私《わたし》に心配《しんぱい》させないように、元気《げんき》な口調《くちょう》で「また、悪《わる》くなっちゃった」と言《い》っていました。日《ひ》に日《ひ》に悪《わる》くなるのを見《み》て、死《し》ぬほどつらかったです。先生《せんせい》は、「これくらい悪《わる》いと大人《おとな》だと動《うご》けないでしょう」と話《はな》していました。子《こ》どもながらに気《き》を遣《つか》っていたのだと思《おも》います。九月《くがつ》に入《はい》ると、同室《どうしつ》の子《こ》どもたちが次々《つぎつぎ》と退院《たいいん》していき、自分《じぶん》だけが取《と》り残《のこ》されたという気持《きも》ちを作文《さくぶん》にしました。その時《とき》、私《わたし》にできることは、少《すこ》しでも時間《じかん》を作《つく》ってそばにいてやることだけでした。

宮越由貴奈《みやこしゆきな》さんの母《はは》　陽子《ようこ》さん

五歳《ごさい》の時《とき》、神経芽細胞腫《しんけいがさいぼうしゅ》と診断《しんだん》され十一歳《じゅういっさい》で亡《な》くなりました。

信大病院《しんだいびょういん》での抗《こう》ガン剤治療《ざいちりょう》や腎臓《じんぞう》を片方取《かたほうと》る手術《しゅじゅつ》に始《はじ》まり、こども病院《びょういん》に移《うつ》っての自家骨髄移植《かこつずいいしょく》やその他《ほか》にもいろいろなつらい治療《ちりょう》を受《う》けながら、入退院《にゅうたいいん》を繰《く》り返《かえ》していた頃《ころ》、書《か》いたものです。命《いのち》という作品《さくひん》を書《か》いた頃《ころ》、テレビで流《なが》れるニュースと言《い》えば、いじめだとか自殺《じさつ》だとかが多《おお》く、同《おな》じ頃病院《ころびょういん》では、一緒《いっしょ》に入院《にゅういん》していた友達《ともだち》が何人《なんにん》か亡《な》くなりました。生《い》きたくても生《い》きられない友達《ともだち》がいるのに自殺《じさつ》なんて……そんな感《かん》じでした。それにちょうど院内学級《いんないがっきゅう》で電池《でんち》の勉強《べんきょう》をしたばかりだったそうです。この詩《し》を書《か》いた四ケ月後《よんかげつご》に亡《な》くなりましたが、これに書《か》いたとおり充分精一杯《じゅうぶんせいいっぱい》生きました。書《か》くことがそんなに得意《とくい》ではなかった娘《むすめ》のこの『命《いのち》』という詩《し》は十一年《じゅういちねん》という短《みじか》いけれども凝縮《ぎょうしゅく》された人生《じんせい》の中《なか》で得《え》た勉強《べんきょう》の成果《せいか》なのではないかと思《おも》います。

宮澤美貴《みやざわみき》さんの父《ちち》　久《ひさし》さん

十歳《じゅっさい》の時《とき》、急性《きゅうせい》リンパ性白血病《せいはっけつびょう》と診断《しんだん》され、十二歳《じゅうにさい》の時《とき》、さいたい血移植《けついしょく》し十三歳《じゅうさんさい》で亡《な》くなりました。

この絵《え》は十三歳《じゅうさんさい》になってから院内学級《いんないがっきゅう》でのカレンダー作《づく》りの時《とき》に描《か》いた作品《さくひん》です。自《じ》分《ぶん》の思《おも》いをこのウサギにたとえ早《はや》く自分《じぶん》にも春《はる》がおとずれるのを楽《たの》しみにしていた作品《さくひん》だと思《おも》います。

望月亮《もちづきまこと》さん

小学四年《しょうがくよねん》の時《とき》に発病《はつびょう》しました。今《いま》は高校二年生《こうこうにねんせい》です。今思《いまおも》うと院内学級《いんないがっきゅう》での三《さん》カ月間《げつかん》はとても貴重《きちょう》な体験《たいけん》ができたと思《おも》います。狭《せま》い教室《きょうしつ》に十人《じゅうにん》くらいの生徒《せいと》と二人《ふたり》の先生《せんせい》、小学生《しょうがくせい》、中学生《ちゅうがくせい》、中《なか》には高校生《こうこうせい》というまとまりの中《なか》で勉強《べんきょう》した三《さん》カ月間《げつかん》は、普通《ふつう》の学校《がっこう》生活《せいかつ》では得《え》られないものがあったと思《おも》います。

授業《じゅぎょう》では勉強《べんきょう》の遅《おく》れはあったけれど、学校《がっこう》でやった音楽《おんがく》のテストの間違《まちが》いを、先生《せんせい》が丁寧《ていねい》に一《ひと》つ一《ひと》つ説明《せつめい》してくれたりして、とてもいい授業《じゅぎょう》だったと思《おも》います。午後《ごご》の各自《かくじ》の授業《じゅぎょう》では先生《せんせい》がとっておいてくれたビデオを見《み》たり、ボランティアの先《せん》生《せい》が来《き》て習字《しゅうじ》、英語《えいご》を教《おし》えてくれたりと、色々《いろいろ》な事《こと》をやっていました。

また、中学生《ちゅうがくせい》、高校生《こうこうせい》の先輩《せんぱい》とも仲《なか》よくなれたりして院内学級《いんないがっきゅう》ではとてもいい思《おも》い出《で》ができたと思《おも》います。

盛田《もりた》大介《だいすけ》さん

朝《あさ》、ケータイのアラームで目《め》を覚《さ》ます。

コンビニで買《か》っておいたパンが朝食《ちょうしょく》。

自転車《じてんしゃ》で登校《とうこう》。講義《こうぎ》を受《う》ける（つまらないのは寝《ね》る）。

放課後《ほうかご》バドミントンクラブで汗《あせ》を流《なが》す。

夕食《ゆうしょく》はクラブの人達《ひとたち》と。

私《わたし》はこんなごく普通《ふつう》の大学生生活《だいがくせいせいかつ》を送《おく》っている。ごく普通《ふつう》の生活《せいかつ》…こんな生活《せいかつ》を送《おく》れることに、私《わたし》はつくづく喜《よろこ》びを感《かん》じている。六年前《ろくねんまえ》、白血病《はっけつびょう》を患《わずら》い入院《にゅういん》していた頃《ころ》は、こんな生活《せいかつ》すらできなかったし、将来《しょうらい》を想像《そうぞう》することもできなかったのだから…。

私《わたし》はあの闘病生活《とうびょうせいかつ》の中《なか》で、普通《ふつう》の生活《せいかつ》ができること、精一杯《せいいっぱい》に生《い》きられることがどれだけ幸《しあわ》せで大変《たいへん》なことかを教《おし》えてもらった。だから私《わたし》はこの助《たす》けられた命《いのち》で精一杯《せいいっぱい》生きようと思《おも》う。そして、精一杯《せいいっぱい》に生《い》きようと、私《わたし》が選《えら》んだ生《い》き方《かた》…それは、『医師《いし》となり、病《やまい》に苦《くる》しむ子供達《こどもたち》を助《たす》ける』ことである。自《じ》分《ぶん》の経験《けいけん》を活《い》かし、病《やまい》に苦《くる》しみ不安《ふあん》に感《かん》じている子供達《こどもたち》を病《やまい》から救《すく》いたい。そして、心《こころ》の支《ささ》えになりたい。そんな生《い》き方《かた》をしたいと思《おも》い、私《わたし》は毎日《まいにち》の生活《せいかつ》を精一杯《せいいっぱい》に生《い》きている。

匿名《とくめい》

私《わたし》はこども病院《びょういん》に入院《にゅういん》していたことをきっかけに看護師《かんごし》になりたいと思《おも》いました。入院中《にゅういんちゅう》に色々《いろいろ》なことを経験《けいけん》しました。痛《いた》くて辛《つら》い思《おも》いもしたし、楽《たの》しいこともたくさんありましたが、入院《にゅういん》していた頃《ころ》は辛《つら》いことの方《ほう》が多《おお》かったと思《おも》います。今《いま》では入院《にゅういん》していた頃《ころ》のことを考《かんが》えるとすべていい方向《ほうこう》に考《かんが》えられるようになりました。全然後悔《ぜんぜんこうかい》していないし、入院《にゅういん》して自分《じぶん》の夢《ゆめ》を見《み》つけることができたので良《よ》かったと思《おも》っています。入《にゅう》院《いん》した時《とき》に患者《かんじゃ》として何《なに》をしてほしいとか、どんな気持《きも》ちだとか経験《けいけん》しているので私《わたし》が実際《じっさい》に看護師《かんごし》になった時《とき》にはその経験《けいけん》を生《い》かしていけるのではないかと思《おも》っています。

私《わたし》は今《いま》、横浜《よこはま》の看護学校《かんごがっこう》に通《かよ》っています。高校《こうこう》とは違《ちが》い、周《まわ》りの友達《ともだち》も同《おな》じ目標《もくひょう》に向《む》かって進《すす》んでいるので、とても良《よ》い刺激《しげき》になります。看護学校《かんごがっこう》に入《はい》っていろんなことを学《まな》んできて、知識《ちしき》はもちろん技術《ぎじゅつ》、患者《かんじゃ》さんを理解《りかい》する気持《きも》ちも大切《たいせつ》であると感《かん》じました。この前初《まえはじ》めて病院《びょういん》へ実習《じっしゅう》に行《い》って患者《かんじゃ》さんとお話《はな》しをさせていただいたときに患者《かんじゃ》さんと何《なに》を話《はな》したらいいのか全然《ぜんぜん》わかりませんでした。患者《かんじゃ》さんに不安《ふあん》を与《あた》えてしまった気《き》がします。私《わたし》が入院《にゅういん》していたときは看護師《かんごし》さんや先生《せんせい》がいつも笑顔《えがお》で話《はな》しかけてくれて安心《あんしん》できたし、一緒《いっしょ》に病気《びょうき》と闘《たたか》ってくれている気《き》がしました。私《わたし》もそんな看護師《かんごし》になりたいと思《おも》っています。

私《わたし》がお世話《せわ》になっていた看護師《かんごし》さんとは今《いま》でも連絡《れんらく》を取《と》り合《あ》っていて仲良《なかよ》くしてもらっています。私《わたし》が看護《かんご》を学《まな》んでいく中《なか》で良《よ》い先輩《せんぱい》であり、強《つよ》い味方《みかた》です。相談《そうだん》できる人《ひと》がいるということはとても心強《こころづよ》いです。いつか一緒《いっしょ》に働《はたら》けたらいいなぁと思《おも》います。

匿名《とくめい》

初《はじ》めての入院《にゅういん》を受《う》け入《い》れることに時間《じかん》のかかった子《こ》なので、再入院《さいにゅういん》は少《すこ》し余裕《よゆう》がありました。もちろん楽《たの》しいなどという次元《じげん》ではないものの、その後何度《ごなんど》か入退院《にゅうたいいん》をくりかえし、通院《つういん》の日々《ひび》ですが、その時々《ときどき》の年齢《ねんれい》や状況《じょうきょう》により、落《お》ち込《こ》んだり悩《なや》んだり、しかしその度《たび》に、娘《むすめ》も母《はは》も成長《せいちょう》させて頂《いただ》き、ステキな出会《であ》いも頂《いただ》きました。これからも、病《びょう》気《き》と上手《じょうず》にお付《つ》き合《あ》いし、病気《びょうき》をしなかったら知《し》らなかった、できなかった大《おお》きな経験《けいけん》をさせて頂《いただ》くのだと思《おも》います。

匿名《とくめい》

中学校一年《ちゅうがっこういちねん》の時《とき》に作《つく》ったもの。十三歳《じゅうさんさい》の時《とき》、劇症型心筋炎《げきしょうがたしんきんえん》で倒《たお》れました。今十八歳《いまじゅうはっさい》になり、未来《みらい》のナースを目指《めざ》して看護学校《かんごがっこう》へ通《かよ》っています。この作品《さくひん》は、この時《とき》の私《わたし》の気持《きも》ちそのままの言葉《ことば》です。『覚悟《かくご》しておいて下《くだ》さい』とまで言《い》われていたそうですが、目《め》を覚《さ》ます事《こと》ができ、その時思《ときおも》った私《わたし》の最初《さいしょ》のコトバです。

匿名《とくめい》

週一回《しゅういっかい》の外来治療《がいらいちりょう》の時《とき》、高熱《こうねつ》と吐《は》き気《け》が毎回《まいかい》のこと。我《わ》が子《こ》の治療《ちりょう》に立《た》ち向《む》かっていく姿勢《しせい》に親《おや》はどれだけすくわれたことでしょう。この姿勢《しせい》は、六年目《ろくねんめ》をむかえた今《いま》でも変《か》わっていません。

いつも笑顔《えがお》でいられるように

長野県立《ながのけんりつ》こども病院保育士《びょういんほいくし》　下平由美《しもだいらゆみ》

私《わたし》は、平成六年六月《へいせいろくねんろくがつ》、高校二年生《こうこうにねんせい》の時《とき》に、こども病院《びょういん》に入院《にゅういん》しました。こども病院《びょういん》ということで、周《まわ》りにいる子《こ》はみんな年下《としした》の子《こ》どもたちばかりで、最初《さいしょ》は抵抗《ていこう》がありました。とにかく早《はや》く治《なお》して、家族《かぞく》の待《ま》つ家《いえ》に、そして友人《ゆうじん》の待《ま》つ学校《がっこう》に戻《もど》りたいという思《おも》いが強《つよ》くありました。

最初《さいしょ》は、病気《びょうき》を治《なお》すことだけを考《かんが》え、勉強《べんきょう》はマイペースにすすめていきました。在籍《ざいせき》していた高校《こうこう》の先生《せんせい》が、週《しゅう》に一度《いちど》、教科《きょうか》の課題《かだい》を持《も》ってきて下《くだ》さり、それを提出《ていしゅつ》する方《ほう》法《ほう》ですすめていきました。

しかし、早《はや》く帰《かえ》りたいという気持《きも》ちとは反対《はんたい》に、身体《からだ》の調子《ちょうし》は悪《わる》く、完治《かんち》しないままの状態《じょうたい》が長《なが》く続《つづ》きました。自分《じぶん》の思《おも》い通《どお》りに体調《たいちょう》がよくならないことに、苛立《いらだ》ちました。

また、学校《がっこう》での単位《たんい》取得《しゅとく》の問題《もんだい》や、友人《ゆうじん》たちの進路《しんろ》が決《き》まってくるにつれ、私自身《わたしじしん》、焦《あせ》り始《はじ》めました。同年代《どうねんだい》の相談相手《そうだんあいて》も病院《びょういん》にはいなく、「何《なん》で私《わたし》だけがこんなつらい思《おも》いをしなければいけないんだろう」と、他人《たにん》と自分《じぶん》を比較《ひかく》し、悶々《もんもん》とした出口《でぐち》の見《み》えない日々《ひび》を過《す》ごしていました。

そして、精神的《せいしんてき》、肉体的《にくたいてき》にも限界《げんかい》に達《たっ》した頃《ころ》、こども病院《びょういん》に院内学級《いんないがっきゅう》ができたのです。私《わたし》は高校生《こうこうせい》ということもあり、本当《ほんとう》は院内学級《いんないがっきゅう》に通《かよ》える対象《たいしょう》ではなかったのですが、主《しゅ》治医《じい》や病棟師長《びょうとうしちょう》、院内学級《いんないがっきゅう》の先生方《せんせいがた》の御配慮《ごはいりょ》で通《かよ》わせて頂《いただ》くことができました。自分《じぶん》の病気《びょうき》を受《う》け止《と》められず、「こんな思《おも》いまでして生《い》きていかなければいけないなんてつらい」と、生《い》きることの苦《くる》しさばかりを考《かんが》えていた私《わたし》でした。しかし、院内学級《いんないがっきゅう》に通《かよ》い、いろいろな子《こ》と触《ふ》れ合《あ》い、話《はな》す中《なか》で、少《すこ》しずつ自分自身《じぶんじしん》を取《と》り戻《もど》すことができ、自分《じぶん》の病気《びょうき》をしっかり受《う》け止《と》め、乗《の》りこえる勇気《ゆうき》が持《も》てたと思《おも》います。

そして、「病気《びょうき》だから不幸《ふこう》なんじゃない。何《なに》があっても負《ま》けないで乗《の》りこえていこう。夢《ゆめ》に向《む》かって自分《じぶん》の人生《じんせい》を生《い》き抜《ぬ》いていきたい。絶対《ぜったい》に」――と思《おも》えるようになってきました。

そんな中《なか》、私《わたし》の心《こころ》の中《なか》に変化《へんか》が起《お》こりました。「自分《じぶん》が一番《いちばん》お世話《せわ》になったこども病《びょう》院《いん》で、病気《びょうき》の子《こ》どもたちのために働《はたら》きたい」と、将来《しょうらい》の夢《ゆめ》を持《も》つことができたのです。それから、保育士《ほいくし》資格《しかく》を取得《しゅとく》するため、幼児教育科《ようじきょういくか》の短大《たんだい》に入学《にゅうがく》し、免許《めんきょ》を取得《しゅとく》しました。

そして現在《げんざい》、私《わたし》は長野《ながの》県立《けんりつ》こども病院《びょういん》の保育士《ほいくし》として働《はたら》いています。最初《さいしょ》は、自分《じぶん》の夢《ゆめ》がかなったことの嬉《うれ》しさだけでした。

しかし、現実《げんじつ》にはまだスタートしたばかりで、これから作《つく》り上《あ》げていく保育士《ほいくし》の役割《やくわり》の難《むずか》しさや、目《め》の前《まえ》にいるいろんな子《こ》どもに関《かか》われるだけの力《ちから》が、まだ自分《じぶん》には足《た》りないことに悩《なや》み、様々《さまざま》な壁《かべ》にぶつかり、悪戦苦闘《あくせんくとう》の日々《ひび》をおくっています。

目《め》の前《まえ》にいる子《こ》どもたちに、そして家族《かぞく》の方々《かたがた》に、保育士《ほいくし》としての私《わたし》は何《なに》ができるのかと日々《ひび》考《かんが》えています。

その中《なか》で、一人《ひとり》の人間《にんげん》として子《こ》どもたちひとりひとりの思《おも》いをしっかり受《う》け止《と》めてあげられる存在《そんざい》でありたいと思《おも》います。

身体《からだ》は病気《びょうき》でも、心《こころ》まで病気《びょうき》になってほしくない。その子《こ》がその子《こ》らしく、最高《さいこう》に輝《かがや》いていられるように。そして、いつも笑顔《えがお》でいられるようにと願《ねが》っています。

そのために、子《こ》どもたちひとりひとりの思《おも》いに応《こた》えられる環境《かんきょう》を作《つく》っていくことが、大切《たいせつ》だと思《おも》っています。

医療《いりょう》スタッフのみなさんはじめ、様々《さまざま》な方《かた》と協力《きょうりょく》しながら、子《こ》どもにとって何《なに》が一番《いちばん》いいのか、最善《さいぜん》の方法《ほうほう》を考《かんが》えていきたいと思《おも》います。

私自身《わたしじしん》、まだまだ未熟《みじゅく》ですが、自分《じぶん》の欠点《けってん》やいたらなさを自覚《じかく》しつつ、完成《かんせい》を目指《めざ》して努力《どりょく》していきたいと思《おも》います。

そして、子《こ》どもたちと共《とも》に、日々《ひび》、成長《せいちょう》し、前《まえ》に進《すす》んでいきたいと思《おも》っています。

子《こ》どもたちと共《とも》に、いつも笑顔《えがお》でいられるように……。

思《おも》い

豊科町立豊科南《とよしなちょうりつとよしなみなみ》小学校《しょうがっこう》教諭《きょうゆ》（院内学級担当《いんないがっきゅうたんとう》）山本厚男《やまもとあつお》

先生《せんせい》、勉強《べんきょう》しに来《き》てもいい？

平成七年四月《へいせいしちねんしがつ》、長野県立《ながのけんりつ》こども病院《びょういん》（長野県《ながのけん》・豊科町《とよしなまち》）に院内学級《いんないがっきゅう》ができました。先生《せんせい》は豊科南小学校《とよしなみなみしょうがっこう》から一名《いちめい》、豊科南中学校《とよしなみなみちゅうがっこう》から一名《いちめい》のあわせて二名《にめい》が担任《たんにん》となりました。四月一杯《しがついっぱい》は準備《じゅんび》をして、五月《ごがつ》から授業《じゅぎょう》を開始《かいし》しようと思《おも》っていた私《わたし》たち教師《きょうし》の心《こころ》づもりは、変更《へんこう》せざるを得《え》なくなりました。というのも、私《わたし》たち担任《たんにん》のとまどいにもかかわらず、子《こ》どもたちはとてもうれしそうにやってきては勉強《べんきょう》していったからです。授業《じゅぎょう》が終《お》わって病室《びょうしつ》に戻《もど》っても、食事《しょくじ》やおやつが終《お》わるとまたやってくる子《こ》もいました。同年齢《どうねんれい》の仲間《なかま》が集《あつ》まるということがうれしいようでした。

私《わたし》は病気《びょうき》の子《こ》どもたちは、みんな元気《げんき》をなくしてベッドで寝《ね》ているものだと思《おも》っていましたから、院内学級《いんないがっきゅう》で明《あか》るく振《ふ》る舞《ま》う児童《じどう》たちを見《み》て、最初《さいしょ》はとても不思議《ふしぎ》な気持《きも》ちになりました。でも、不思議《ふしぎ》な気持《きも》ちはじきに消《き》えていきました。重《おも》い病気《びょうき》の子《こ》どもたちは何回《なんかい》にも分《わ》けて治療《ちりょう》を行《おこな》っているということが分《わ》かってきました。病院《びょういん》では一回目《いっかいめ》の治療《ちりょう》で痛《いた》めつけられてしまった体力《たいりょく》を十分《じゅうぶん》に回復《かいふく》させ、病棟内《びょうとうない》の廊下《ろうか》を走《はし》り回《まわ》るほどに元気《げんき》になったところで二《に》回目《かいめ》の治療《ちりょう》に入《はい》るという治療《ちりょう》が繰《く》り返《かえ》されていました。また半年《はんとし》もかかる治療《ちりょう》もあることも分《わ》かってきました。そして治療中《ちりょうちゅう》には感染症予防《かんせんしょうよぼう》もしていかねばならないことも分《わ》かりました。こども病院《びょういん》では風邪《かぜ》引《ひ》き程度《ていど》の人《ひと》でも病棟《びょうとう》や病室《びょう》に入《はい》れません。もっとびっくりしたことは十五歳未満《じゅうごさいみまん》の子《こ》どもたちは、たとえ兄弟《きょうだい》でも病棟《びょうとう》や病室《びょうしつ》へは入《はい》れません。お見舞《みま》いの花《はな》も病室《びょうしつ》には感染症予防《かんせんしょうよぼう》のために飾《かざ》らせてもらえないということも分《わ》かりました。病棟内《びょうとうない》はクリーンルーム化してありました。入院《にゅういん》中《ちゅう》の子《こ》どもたちはなかなか病棟《びょうとう》からも出《で》られません。こういうことからしても院内学《いんないがっ》級《きゅう》はどうしても必要《ひつよう》だったのです。留年《りゅうねん》してしまう児童《じどう》が出《で》るという状況《じょうきょう》もよく分《わ》かりました。

それからというもの、院内学級担任《いんないがっきゅうたんにん》の私《わたし》は風邪《かぜ》をひかないようにつとめることにしました。

した。

一番小《いちばんちい》さな学校《がっこう》

五月十日《ごがっとおか》。四月《しがつ》の初《はじ》めから仮《かり》に授業《じゅぎょう》をしてきた院内学級《いんないがっきゅう》の遅《おく》ればせながらの正式《せいしき》な院《いん》内学級出発式《ないがっきゅうしゅっぱつしき》が行《おこな》われました。

それからというもの、ストレッチャーでやってくる子《こ》ども、車《くるま》いすでやってくる子《こ》ども、コードつきの点滴台《てんてきだい》を押《お》してやってくる子《こ》どもなど、その数《かず》は増《ふ》えていきました。机《つくえ》やいすが足《た》りなくなったり、点滴台《てんてきだい》のコンセント用《よう》コードが足《た》りなくなったりしました。特《とく》に、ストレッチャーの子《こ》が入《はい》ってくると大変《たいへん》でした。教室《きょうしつ》に頭《あたま》の方《ほう》から入《はい》るのですが、足《あし》の方《ほう》は廊下《ろうか》にでているのです。勉強中《べんきょうちゅう》に一番奥《いちばんおく》にいる子《こ》が「おしっこ！」なんていったら大変《たいへん》でした。ほとんどの子《こ》が動《うご》かないと部屋《へや》から出《で》れないのです。そのたびに、ストレッチャーも廊下《ろうか》へ出《で》たり入《はい》ったりしました。廊下《ろうか》は一時《いちじ》通行止《つうこうど》めです。でも不思議《ふしぎ》でした。誰一人《だれひとり》として文句《もんく》をいわないのです。病気《びょうき》で誰《だれ》もが心《こころ》が重《おも》たいんでしょうに……。

まずは算数《さんすう》を追《お》いついて！

授業《じゅぎょう》で一番《いちばん》時間《かん》を掛《か》けてきたのが算数《さんすう》です。退院《たいいん》して出身校《しゅっしんこう》に戻《もど》った時《とき》、算数《さんすう》が分《わ》からないのが一番《いちばん》切《せつ》ないのです。系統的《けいとうてき》で積《つ》み重《かさ》ね学習《がくしゅう》の必要《ひつよう》な算数《さんすう》は、どうしても遅《おく》れを取《と》り戻《もど》しておきたいと思《おも》いました。

次《つぎ》は国語《こくご》です。漢字《かんじ》だけは覚《おぼ》えてほしいと考《かんが》えました。

その次《つぎ》は、理科《りか》・社会《しゃかい》です。ですが理科《りか》の植物《しょくぶつ》の観察《かんさつ》などはほとんど出来《でき》ません。病《びょう》室《しつ》には花《はな》も飾《かざ》らせてもらえないのですから……。細菌《さいきん》やカビなどが持《も》ち込《こ》まれないように細心《さいしん》の注意《ちゅうい》がなされているのです。ある時《とき》メダカを飼《か》いました。でも、水質検査《すいしつけんさ》をしてほしいといわれてしまいました。子《こ》どもたちは水槽《すいそう》の中《なか》にも手《て》を突《つ》っ込《こ》みますし、水《みず》も飛《と》び散《ち》ります。結局《けっきょく》、定期的《ていきてき》に行《おこな》う検査《けんさ》費用《ひよう》が無《な》くてメダカは飼《か》えなくなってしまいました。

子《こ》どもたちは病院《びょういん》から出《で》られないわけですから、社会科《しゃかいか》では消防署《しょうぼうしょ》や警察署《けいさつしょ》、郵便《ゆうびん》局《きょく》といった社会見学《しゃかいけんがく》などや社会体験《しゃかいたいけん》は出来《でき》ません。代《か》わりに出来《でき》るのは病院内探検《びょういんないたんけん》です。

考《かんが》えようによっては一般《いっぱん》の人《ひと》たちの知《し》らないところを見《み》られるというよさがあります。子《こ》どもたちの知《し》らないところで多《おお》くの方々《かたがた》が仕事《しごと》をしていて、自分《じぶん》たちの治療《ちりょう》が成《な》り立《た》っていることに気《き》づくのです。

ぼーっと座《すわ》っていた子《こ》

ある時《とき》、第二病棟入院《だいにびょうとうにゅういん》のAくんが看護師《かんごし》さんに車《くるま》いすに乗《の》せられてやってきました。看護師《かんごし》さんは「この子《こ》は病室《びょうしつ》にいても何《なに》もしないでただ座《すわ》っているだけなので連《つ》れてきました」といいます。そこでAくんに声《こえ》を掛《か》けてみました。「何《なに》かやるかい?」。すると小《ちい》さな声《こえ》で「ううん。やらない」。「じゃあ、みんなのところを見《み》てる?」と聞《き》くと、ぼそっと「うん」と答《こた》えました。

しばらくはそっとしておくことにしました。その内《うち》に隣《となり》の子《こ》の折《お》り紙《がみ》にAくんの目《め》がいきました。しばらくして、「ぼくにも折《お》り紙《がみ》ちょうだい」というのです。用意《ようい》してあげるとAくんも同《おな》じように折《お》り始《はじ》めました。鶴《つる》など二《ふた》つ三《みっ》つ作《つく》ったところでお昼《ひる》になり、看護師《かんごし》さんの迎《むか》えを受《う》けて帰《かえ》って行《い》きました。帰《かえ》り際《ぎわ》に、「午後《ごご》も来《く》るよ」といって。

そして本当《ほんとう》に午後《ごご》もやってきました。今度《こんど》はずいぶんと生《い》き生《い》きとして折《お》り紙《がみ》を折《お》っていました。それからは院内学級《いんないがっきゅう》への入級手続《にゅうきゅうてつづ》きをして、毎日《まいにち》やってくるようになりました。入院《にゅういん》するまでは野球少年《やきゅうしょうねん》だったとのこと。きっと健康《けんこう》と病気《びょうき》のギャップが大《おお》きかったのでしょう。調子《ちょうし》のよい時《とき》には主治医《しゅじい》の先生《せんせい》とキャッチボールをするほどになりました。治療《ちりょう》に時間《じかん》のかかる病気《びょうき》だったため、その後《ご》は再入院《さいにゅういん》したりして院内学級《いんないがっきゅう》にはよく顔《かお》を出《だ》していました。その内《うち》におうちの都合《つごう》もあって地元《じもと》の病院《びょういん》へ転院《てんいん》していきました。

何《なん》のために算数《さんすう》を勉強《べんきょう》するの？

今日《きょう》は三月三十一日《さんがつさんじゅういちにち》。Ｂくんはあと数日《すうじつ》で中学校《ちゅうがっこう》の入学式《にゅうがくしき》です。調子《ちょうし》が悪《わる》くなり個室《こしつ》に入《はい》ってしまったので、とても入学式《にゅうがくしき》にはでられるはずはないのですが、書類《しょるい》だけでもと、三月《さんがつ》になってから出身小学校《しゅっしんしょうがっこう》へ籍《せき》を戻《もど》して、地元《じもと》の中学校《ちゅうがっこう》へ入学《にゅうがく》できるようにしたのです。入学式《にゅうがくしき》には出《で》られなくても、勉強《べんきょう》の方《ほう》は間《ま》に合《あ》わせたい。せめて算数《さんすう》だけは追《お》いついておきたいというのです。そのため春休《はるやす》み中《ちゅう》も勉強《べんきょう》したいというので、私《わたし》もおつきあいすることにしました。

その日《ひ》も私《わたし》は本校勤務《ほんこうきんむ》の後《あと》、こども病院《びょういん》のBくんのところへ立《た》ち寄《よ》りました。個室《こしつ》をのぞくと、お母《かあ》さんがすぐ気《き》づいて廊下《ろうか》へ出《で》て来《こ》られました。

「今《いま》、痛《いた》み止《ど》めのお薬《くすり》が効《き》いています」

「そうですか。勉強《べんきょう》やれますか」

「ええ、見《み》てやってください」

身体《からだ》や手《て》を消毒《しょうどく》し、マスク・病室用《びょうしつよう》エプロンを着用《ちゃくよう》して個室《こしつ》に入《はい》ると、お母《かあ》さんがBくんを抱《だ》き起《お》こしているところでした。

「こ　ん　に　ち　は」

声《こえ》は小《ちい》さいけれど、はっきりした声《こえ》です。昨日《きのう》より調子《ちょうし》が良《よ》さそう。ベッド用《よう》の机《つくえ》をセットしてあげると、点滴《てんてき》をしていない方《ほう》の白《しろ》い痩《や》せた左手《ひだりて》で机《つくえ》の上《うえ》の教科書《きょうかしょ》とノートをゆっくりと開《ひら》き、問題《もんだい》を解《と》き始《はじ》めました。六年《ろくねん》の教科書《きょうかしょ》「総復習《そうふくしゅう》」のところです。

順調《じゅんちょう》に解《と》いているのを確《たし》かめてから、お母《かあ》さんと雑談《ざつだん》を始《はじ》めました。

「今日《きょう》は体調《たいちょう》がいいようですね」

「ええ、でもずっと横《よこ》になっていたんですよ。すみません。わざわざ来《き》ていただいて

「……」

「いいえ、ちょっと寄《よ》っていくだけですから。それにBくんの顔《かお》を見《み》て帰《かえ》りたいですから」

お母《かあ》さんもつきっきりで、精神的《せいしんてき》にたいへんです。こんな平凡《へいぼん》な会話《かいわ》の間《あいだ》に見《み》えたお母《かあ》さんの笑《え》みはとても貴重《きちょう》なもののように思《おも》えました。Bくんの左手《ひだりて》はどんどん問題《もんだい》を解《と》いて、私《わたし》はそのはじから赤《あか》ボールペンで丸《まる》をつけていく。丸《まる》が追《お》いつくとBくんは少《すこ》しにっこり。その後《ご》、うまく解《と》けない問題《もんだい》は一緒《いっしょ》に図解《ずかい》したり、ヒントをあげたりして……。でもこの日《ひ》はあまり手《て》がかかりませんでした。今《いま》までの復習《ふくしゅう》だからです。時計《とけい》を見《み》ると、もう四十分近《よんじゅっぷんちか》くもたってしまっていました。あまり体力《たいりょく》を消耗《しょうもう》させられません。

「ここまでだね、もう大丈夫《だいじょうぶ》だよ。小学校《しょうがっこう》の勉強《べんきょう》は一通《ひととお》り終《お》わっているからね」

「またくるからね」

たったこれだけのことなのですが、でもこの算数《さんすう》の時間《じかん》はBくんが病気《びょうき》のことを忘《わす》れている時間《じかん》なのです。絶対《ぜったい》に治《なお》ってやるんだというBくんの暗黙《あんもく》の思《おも》いが、算数《さんすう》の問題《もんだい》を解《と》かせていく。そういう気持《きも》ちが左手《ひだりて》の動《うご》きから室内《しつない》にも広《ひろ》がっていったような気《き》がしました。

ぼくは家庭内暴力《かていないぼうりょく》をふるっていた

「ぼくは家庭内暴力《かていないぼうりょく》をふるっていたんだよ。それが……、病気《びょうき》をしたら親《おや》たちが心配《しんぱい》して心配《しんぱい》して……。ほんとに家族《かぞく》のみんながよく面倒《めんどう》を見《み》てくれて……。親《おや》のありがたさ、家族《かぞく》の大切《たいせつ》さがよくわかったよ……」

「神様《かみさま》がぼくに病気《びょうき》をくれたんだと思《おも》う」

神様《かみさま》がくれたなんて、なんときざなことをいうんだろう。それに、将来《しょうらい》は学校《がっこう》の先生《せんせい》になりたいという。しかも、最後《さいご》は院内学級《いんないがっきゅう》の先生《せんせい》になりたいという。

ボランティアで県立《けんりつ》こども病院《びょういん》へちょいちょいやってくる。ここだけでなくあちらこちらの施設《しせつ》などへも行《い》くという。得意《とくい》なフルートを吹《ふ》き聞《き》かせては、病気《びょうき》の小《ちい》さな子《こ》どもたちを励《はげ》ましてまわっている。そして、行事《ぎょうじ》の裏方《うらかた》もやりに来《く》る。彼《かれ》は、時々《ときどき》私《わたし》の家《いえ》の電話《でんわ》も鳴《な》らす。先生《せんせい》の声《こえ》を聞《き》きたかったという。「先生《せんせい》、元気《げんき》でたよ」という。この春《はる》の電話《でんわ》では「先生《せんせい》、受《う》かったよ。教育学部《きょういくがくぶ》だよ」

ううん　参《まい》った！　これは本当《ほんとう》に家庭内暴力男《かていないぼうりょくおとこ》Cくんの大変身《だいへんしん》だ……。たいへんな病《びょう》気《き》を乗《の》り越《こ》えたあなたは今《いま》、まぶしくかがやいています。いつかまた、あなたと一緒《いっしょ》にフルート二重奏《にじゅうそう》をやらせてください。

宮越由貴奈《みやこしゆきな》さんの詩《し》「命《いのち》」

この詩《し》は由貴奈《ゆきな》さんの遺作《いさく》となってしまいました。後日《ごじつ》、お母《かあ》さんのいわれるには、院内学級《いんないがっきゅう》で受《う》けた理科授業《りかじゅぎょう》「乾電池《かんでんち》の実験《じっけん》」直後《ちょくご》に作《つく》られたということでした。どこも手直《てなお》しするところはありませんでした。

亡《な》くなられたあと、富士見小学校児童《ふじみしょうがっこうじどう》たちも参加《さんか》しての葬儀《そうぎ》では、同級生《どうきゅうせい》の弔辞《ちょうじ》の中《なか》でこの詩《し》が朗読《ろうどく》されました。また、参加者《さんかしゃ》にも由貴奈《ゆきな》さん自筆《じひつ》のコピーが配《くば》られました。詩《し》の下《した》には花《はな》がたくさん描《か》かれていました。下向《したむ》きの花《はな》の絵《え》でした。プラス思考《しこう》の由貴《ゆき》奈《な》さんの絵《え》にしては下向《したむ》きはへんだとずっと思《おも》っていましたが、最近《さいきん》になって、スズランの花《はな》が描《か》かれていたことをお母《かあ》さんからお聞《き》きしました。由貴奈《ゆきな》さんはスズランの花《はな》が大好《だいす》きだったのです。

しばらくして、宮越由貴奈《みやこしゆきな》さんの詩《し》「命《いのち》」はある学校《がっこう》の道徳《どうとく》の授業《じゅぎょう》に使《つか》われました。授業《じゅぎょう》ではキルトもつくられて、とても話題《わだい》になりました。また、この詩《し》は長野《ながの》県人権擁《けんじんけんよう》護委員会《ごいいんかい》の会誌《かいし》にも使《つか》われましたし、あるお坊《ぼう》さんの法話文《ほうわぶん》にも載《の》りました。NHKテレビの県内《けんない》ローカルニュースでも流《なが》れたことがありました。またこども病院《びょういん》の初代川《しょだいかわ》勝病院長《かつびょういんちょう》は講演《こうえん》の資料《しりょう》にもなさいましたし、三年《さんねん》ほど前《まえ》に行《おこな》われた「病気《びょうき》の子《こ》どもたちの絵画展《かいがてん》」では、ずいぶんと話題《わだい》になりました。

あなたとは　由貴奈《ゆきな》さんのことだった

ある高校生《こうこうせい》の詩《し》の中《なか》に、〝プラス思考《しこう》のあなた〟とか〝あなたより先《さき》に退院《たいいん》して〟といった文章《ぶんしょう》が出《で》てきます。いったい誰《だれ》のことだろうとずっと思《おも》っていました。ある時《とき》、子《こ》どもたちにそのことを話《はな》すと、即座《そくざ》に　それは小学校四年生《しょうがっこうよねんせい》の由貴奈《ゆきな》さんのことだというのです。そういえば他《ほか》にも由貴奈《ゆきな》さんのことを書《か》いた詩《し》などもありました。

私《わたし》も由貴奈《ゆきな》さんのことを思《おも》いつくままに書《か》いてみました。

周《まわ》りを明《あか》るくしてくれる由貴奈《ゆきな》さん
赤《あか》ちゃんのおしめも取《と》り替《か》えてくれる由貴奈《ゆきな》さん
泣《な》いている友《とも》だちをなぐさめてくれる由貴奈《ゆきな》さん
自分《じぶん》の悲《かな》しみはそっとひとりで泣《な》いてはらしていた由貴奈《ゆきな》さん
自分《じぶん》の食《しょく》が細《ほそ》くなってしまったとき、友《とも》だちの励《はげ》ましを受《う》けて、すごく努力《どりょく》して逆《ぎゃく》に太《ふと》ってしまった由貴奈《ゆきな》さん
由貴奈《ゆきな》さんが再入院《さいにゅういん》してくると、みんなが「自分《じぶん》たちの部屋《へや》へ来《き》て」といった。

どんどん書《か》けるものです。みんなで人《ひと》を決《き》めて書《か》き出《だ》していったら次第《しだい》にその人《ひと》の像《ぞう》が浮《う》かんできます。いくつもの詩《し》をつないでいくと由貴奈《ゆきな》さんの姿《すがた》がだんだん見《み》えてくるのです。それと同時《どうじ》に自分《じぶん》の中《なか》の由貴奈《ゆきな》さんも見《み》えてくるんですね。

詩《し》にしたいんだけど、先生直《せんせいなお》して

時々《ときどき》、小《ちい》さな女《おんな》の子《こ》Fちゃんを連《つ》れて院内学級《いんないがっきゅう》に遊《あそ》びに来《き》ていたお母《かあ》さん。ある日《ひ》、

お母《かあ》さんだけがやって来《き》ました。なにか恥《は》ずかしそうにいうのです。

「先生《せんせい》、直《なお》してくれる？」

「……？」

「私《わたし》ね。工業高校《こうぎょうこうこう》出《で》なのよ」

「……？」

「どうしても作《つく》りたくてね、作《つく》ったんだけど……、詩《し》にならないんだよ」

ノートから切《き》り取《と》った頁《ページ》に、力《ちから》の入《はい》った字《じ》がぎっしり並《なら》んでいます。消《け》したり書《か》き足《た》したりして……。私《わたし》でいいんならと引《ひ》き受《う》けてはみたものの、しっかり詰《つ》まった重《おも》みのあることばに圧倒《あっとう》されてしまいました。

「うーん、直《なお》せない。これでいきましょう」

お若《わか》くて屈託《くったく》のないお母《かあ》さんと思《おも》っていたのに、いろいろな体験《たいけん》をされていたのです。

親《おや》の思《おも》い

五体満足《ごたいまんぞく》で育《そだ》っている子《こ》どもをもつと
子《こ》どものいない人《ひと》をうらやむことがある

切《き》って縫《ぬ》って体《からだ》にきずをもつ子《こ》どもをもつと
元気《げんき》で普通《ふつう》の子《こ》どもをうらやましく思《おも》う

一生《いっしょう》ハンディの残《のこ》る子《こ》どもをもつと
一時《いちじ》の治療《ちりょう》ですむ子《こ》どもをうらやましく思《おも》う

余命宣告《よめいせんこく》されたり子《こ》どもの死《し》んでしまった親《おや》は
ハンディが残《のこ》ってでも生《い》きている子《こ》どもをもつ親《おや》をうらやましく思《おも》う

子《こ》どもができない親《おや》は
産《う》める親《おや》をうらやましく思《おも》う
腹《はら》のそこから大笑《おおわら》いしているそんな時《とき》もよいけれど
私《わたし》は　いつも微笑《ほほえ》んでいられる一日一日《いちにちいちにち》、瞬間瞬間《しゅんかんしゅんかん》を大切《たいせつ》にしたい

お母《かあ》さん泣《な》かないでね

かわいい小学校一年生《しょうがっこういちねんせい》のEさんです。治療続《ちりょうつづ》きでなかなか院内学級《いんないがっきゅう》へは出《で》てこられませんでしたが、それでも少《すこ》しずつ少《すこ》しずつ院内学級《いんないがっきゅう》になれて、パソコンをやったり、紙《かみ》芝居《しばい》をみたり、ひらがなや数字《すうじ》も習《なら》いました。治療中《ちりょうちゅう》にはベッドでも勉強《べんきょう》していました。紙芝居《かみしばい》もたくさんやりました。治療《ちりょう》と治療《ちりょう》の合《あ》い間《ま》の元気《げんき》な時《とき》には廊下《ろうか》を走《はし》ってみせるようなこともありました。Eさんの特技《とくぎ》はトランプの神経衰弱《しんけいすいじゃく》やお絵《え》かきでした。神経《しんけい》衰弱《すいじゃく》ではどうやっても勝《か》てないのです。ほとんどEさんが拾《ひろ》ってしまい太刀《たち》打ち不可能《ふかのう》でした。お絵《え》かきは描《か》きたい物《もの》をかたちよく描《か》いて気持《きも》ちのいい色《いろ》づけをしていました。

特《とく》にひまわりの絵《え》などはさっさと描《か》けて得意《とくい》でした。

　彼女《かのじょ》の介助《かいじょ》にはいつもお母《かあ》さんがついておられました。お父《とう》さんもお仕事《しごと》の合《あ》い間《ま》をぬってはよく来《き》ておられました。ある日《ひ》、お母《かあ》さんが院内学級《いんないがっきゅう》へ用事《ようじ》があってお出《い》でになったとき、何気《なにげ》なくいわれました。

「E子《こ》は『お母《かあ》さん、泣《な》かないでね』っていうんですよ……」

　お母《かあ》さんはずいぶんと心《こころ》にこたえていたことでしょう。子《こ》どもの純粋《じゅんすい》な心《こころ》がこういわせたのでしょうか。それとも、Eさんは病《やまい》を修行《しゅぎょう》にかえてしまったのでしょうか。

かわいい修行僧《しゅぎょうそう》たち

長野県立《ながのけんりつ》こども病院《びょういん》には、難病《なんびょう》で命《いのち》をかけるような治療《ちりょう》に耐《た》えている子《こ》どもたちも入院《にゅういん》してきています。そういう子《こ》どもたちは、その子《こ》たちなりに、自分《じぶん》の今《いま》の病状《びょうじょう》と治療《ちりょう》について理解《りかい》し納得《なっとく》して治療《ちりょう》を受《う》けています。病院《びょういん》として丁寧《ていねい》なインフォームドコンセントを行《おこな》っているからです。県立《けんりつ》こども病院《びょういん》の患児《かんじ》たちは病類《びょうるい》や年齢《ねんれい》、心《こころ》の状態《じょうたい》に応《おう》じての軽重《けいちょう》はあるにしても、自《みずか》らの命《いのち》を思《おも》い、治療《ちりょう》に耐《た》えていこうとしているのです。

命《いのち》を思《おも》い、治療《ちりょう》に耐《た》えていく子《こ》。その子《こ》は子《こ》どもなりに自分《じぶん》の命《いのち》について考《かんが》えています。つらく苦《くる》しい治療《ちりょう》に耐《た》えていく姿《すがた》は、純真《じゅんしん》なかわいい修行僧《しゅぎょうそう》ともいうことができるように思《おも》います。修行僧《しゅぎょうそう》たちがわざわざ絶壁《ぜっぺき》から身《み》を乗《の》り出《だ》して自《みずか》らの命《いのち》を危険《きけん》にさらしたり、道《みち》なき山《やま》で苦行《くぎょう》したり、断食《だんじき》する、座禅《ざぜん》を組《く》むなど、それぞれ自《みずか》らの命《いのち》を極《きょく》限状態《げんじょうたい》に近《ちか》づけて悟《さと》りを開《ひら》こうとしている姿《すがた》に通《つう》じると思《おも》うのです。

ただし、望《のぞ》んでいない病《やまい》ですし、ましてや悟《さと》りを開《ひら》こうなどとも思《おも》っていない子《こ》どもたちです。

僧《そう》たちの修行《しゅぎょう》では「生死《せいし》をも問題《もんだい》にするような重大《じゅうだい》な事態《じたい》にも対応出来《たいおうでき》得《う》るようなものの考《かんが》え方《かた》を見《み》いだす」というものですから、または「教《おし》えを実感《じっかん》する」というものですから修行《しゅぎょう》のしがいがあるというものです。難行苦行《なんぎょうくぎょう》で得《え》た考《かんが》え方《かた》は智恵《ちえ》となり、哲学《てつがく》や宗教《しゅうきょう》へと高《たか》められていくのです。その点《てん》、難病《なんびょう》に対峙《たいじ》している子《こ》どもたちには、病気《びょうき》さえ治《なお》ってしまえば価値《かち》ある思《おも》いも記憶《きおく》にも残《のこ》されずに消《き》え去《さ》ってしまうかもしれません。

治療《ちりょう》という苦行《くぎょう》の中《なか》から得《え》た何《なん》らかの思《おも》いをはっきりとした形《かたち》に残《のこ》して退院《たいいん》していく

ならば、その子《こ》たちは人間的《にんげんてき》にもすばらしいおみやげをもって退院《たいいん》していくことが出来《でき》ます。一回《ひとまわ》りも二回《ふたまわ》りも成長《せいちょう》して退院《たいいん》していけるはずです。院内学級《いんないがっきゅう》で学習《がくしゅう》している子《こ》どもたちの中《なか》には、このようなことがあてはまる子《こ》どもたちが出《で》てきているのです。

院内学級《いんないがっきゅう》の担任《たんにん》である私《わたし》の思《おも》いは、治療《ちりょう》に耐《た》えていく苦行《くぎょう》から得《え》た子《こ》どもの思《おも》いを、より意識化《いしきか》できるようにしてあげることです。

「先生《せんせい》、おしっこ」といった一年生《いちねんせい》の子《こ》に誰《だれ》もが何《なに》もいわずに道《みち》を開《あ》けてあげられる心《こころ》、とてもうるさくて授業《じゅぎょう》のじゃまばかりしている児童《じどう》に算数《さんすう》の問題《もんだい》をつくってあげる心《こころ》、なかなか登校出来《とうこうでき》ないでいる児童《じどう》を説得《せっとく》して登校《とうこう》させようとする心《こころ》、個室《こしつ》に入《はい》ってしまった友《とも》に手紙《てがみ》を書《か》く心《こころ》、みんな当《あ》たり前《まえ》のことなのですが、そのことを自発的《じはってき》に為《な》す姿《すがた》はとてもすばらしいことだと思《おも》うのです。病気《びょうき》の子《こ》だから余計《よけい》にすばらしいとも思《おも》いますが、でも病気《びょうき》の子《こ》だからこそ相手《あいて》の心《こころ》が手《て》に取《と》るように分《わ》かって、当《あ》たり前《まえ》としてできるのだと思《おも》うのです。

「神様《かみさま》がくれた病気《びょうき》」だったと感《かん》じた子《こ》の思《おも》い、「お母《かあ》さん泣《な》かないでね」といった子《こ》の思《おも》い、輪廻転生《りんねてんしょう》の絵《え》を描《か》いて治療《ちりょう》に入《はい》っていった子《こ》の思《おも》い、「プラス思考《しこう》のあなた……」といわれたその子《こ》の思《おも》い、「電池《でんち》が切《き》れるまで命《いのち》を大切《たいせつ》にしよう」と詩《し》を書《か》いた思《おも》いなどなど、子《こ》どもたちの思《おも》いはすばらしい。このようなすばらしい思《おも》いが、県立《けんりつ》こども病院《びょういん》から、院内学級《いんないがっきゅう》から世《よ》の中《なか》に向《む》けて生《い》き生《い》きと広《ひろ》がりをみせていくならば、これからの世《よ》の中《なか》もまんざらでもないと思《おも》うのです。

あとがき

長野《ながの》県立《けんりつ》こども病院《びょういん》血液《けつえき》・腫瘍《しゅよう》科《か》医師《いし》　石井《いしい》栄三郎《えいざぶろう》

平成六年二月《へいせいろくねんにがつ》、Ｓ君《くん》という二歳《にさい》の男《おとこ》の子《こ》が紹介《しょうかい》されてきた。頸《くび》のリンパ節《せつ》が隆々《りゅうりゅう》と腫《は》れていた。近《ちか》くの病院《びょういん》でウイルス感染《かんせん》によるものだと説明《せつめい》されていたという。しかし、実際《じっさい》は頸《くび》の交感神経節《こうかんしんけいせつ》から発生《はっせい》した神経芽細胞腫《しんけいがさいぼうしゅ》で、リンパ節《せつ》に転移《てんい》していた。手術《しゅじゅつ》で取《と》り除《のぞ》くことは不可能《ふかのう》だった。私《わたし》たちはまず、抗《こう》がん剤《ざい》による化学療法《かがくりょうほう》を開始《かいし》、数ヶ月《すうかげつ》後《ご》、腫瘍《しゅよう》を摘出《てきしゅつ》した。執刀医《しっとうい》は腫瘍《しゅよう》を完全《かんぜん》に取《と》り除《のぞ》いたと確信《かくしん》していたが、ＭＲＩ検査《けんさ》で腫瘍《しゅよう》が残《のこ》っている可能性《かのうせい》が高《たか》まった。化学療法《かがくりょうほう》を行《おこな》い、再度《さいど》、手術《しゅじゅつ》を行《おこな》ったが、やはり、ＭＲＩで検査《けんさ》をすると、腫瘍《しゅよう》の影《かげ》がみられた。数ヶ月後《すうかげつご》、腫瘍《しゅよう》は大《おお》きくなった。

入院《にゅういん》を勧《すす》めたが、お母様《かあさま》は外来《がいらい》での治療《ちりょう》を希望《きぼう》された。ご家族《かぞく》は、病院近《びょういんちか》くの古《ふる》い県《けん》営住宅《えいじゅうたく》を借《か》り、兄弟全員《きょうだいぜんいん》を転校《てんこう》させ、一緒《いっしょ》に住《す》んだ。Ｓ君《くん》は病院《びょういん》の帰《かえ》りにスーパーで大《だい》好《す》きなお菓子《かし》やおもちゃを買《か》ってもらうのが楽《たの》しみだった。家《いえ》に帰《かえ》れば、お兄《にい》ちゃんやお姉《ねえ》ちゃんが遊《あそ》んでくれた。家《いえ》では食欲《しょくよく》も出《で》た。家族全員《かぞくぜんいん》がS君《くん》をやさしく、温《あたた》かく包《つつ》み込《こ》んだ。

最初《さいしょ》の入院《にゅういん》から二年《にねん》と三ヶ月《さんかげつ》が経《た》った。S君《くん》は呼吸《こきゅう》がとぎれとぎれになるなど、病状《びょうじょう》は悪化《あっか》していった。「これ以上《いじょう》、苦《くる》しませたくない」。お父様《とうさま》はこう願《ねが》い、入院《にゅういん》に同意《どうい》された。医者《いしゃ》に押《お》し付《つ》けられた治療《ちりょう》をそのまま受《う》け入《い》れるのではなく、家族《かぞく》みんなが話《はな》し合《あ》い、互《たが》いに納得《なっとく》できる治療《ちりょう》を選《えら》んでいく。家族《かぞく》の強《つよ》い絆《きずな》があったからこそできたことだと実感《じっかん》した。

それから、しばらくしてS君《くん》は亡《な》くなった。

長野県立《ながのけんりつ》こども病院《びょういん》（長野《ながの》県《けん》・豊科町《とよしなまち》）が開院《かいいん》して約十年《やくじゅうねん》。血液《けつえき》・腫瘍科《しゅようか》ではこれまで五百人以上《ごひゃくにんいじょう》の子《こ》どもたちが受診《じゅしん》し、百四十人以上《ひゃくよんじゅうにんいじょう》の子《こ》どもたちが長期入院《ちょうきにゅういん》した。子《こ》どもたちが病気《びょうき》を克服《こくふく》し、立派《りっぱ》に成長《せいちょう》していくのを見《み》るのは、とても嬉《うれ》しいことだ。退院《たいいん》後《ご》、大学《だいがく》や専門学校《せんもんがっこう》に入《はい》り医学《いがく》や看護学《かんごがく》、保育学《ほいくがく》、医療事務《いりょうじむ》の道《みち》を志《こころざ》している人《ひと》、コンピューターの勉強《べんきょう》をしている人《ひと》、工事現場《こうじげんば》で働《はたら》いている人《ひと》、トラックの運転手《うんてんしゅ》やフリーターもいる。みんな、たくましい。その一方《いっぽう》で、三十一人《さんじゅういちにん》の子《こ》どもが亡《な》くなった。

これまで、たくさんの子《こ》どもたちとめぐり合《あ》い、医者《いしゃ》として教《おし》えられたことは数限《かずかぎ》りない。楽《たの》しい思《おも》い出《で》、言葉《ことば》に出来《でき》ないほど辛《つら》い思《おも》い出《で》も多過《おおす》ぎて、整理《せいり》がつかないほどだ。

S君《くん》の家族《かぞく》と出会《であ》うまで、私《わたし》は治療成績《ちりょうせいせき》を良《よ》くすることが医師《いし》の仕事《しごと》の第一目的《だいいちもくてき》だと考《かんが》えていた。学会《がっかい》でも治療法《ちりょうほう》の改良《かいりょう》で成績《せいせき》がどのくらい良《よ》くなったかという発表《はっぴょう》ばかり聞《き》いていた。同《おな》じような文献《ぶんけん》もたくさん読《よ》んだ。生存率《せいぞんりつ》の高《たか》い治療法《ちりょうほう》こそ良《よ》い方法《ほうほう》としてご家族《かぞく》に説明《せつめい》してきた。それが辛《つら》く苦《くる》しいものであっても、生《い》きるためには耐《た》えるのが当然《とうぜん》と考《かんが》えていた。

医療《いりょう》は人《ひと》の苦《くる》しみを和《やわ》らげてあげるのが本来《ほんらい》の姿《すがた》だと思《おも》う。それがいつしか、医師《いし》は人《ひと》の命《いのち》を左右《さゆう》できる存在《そんざい》と勘違《かんちが》いするようになった。傲慢《ごうまん》な考《かんが》え方《かた》だ。命《いのち》にとって大切《たいせつ》なことは長《なが》さではなく、質《しつ》である。命《いのち》の質《しつ》を決《き》めるのは、温《あたた》かな家族《かぞく》とのふれあいだということをS君《くん》は教《おし》えてくれた。

医者《いしゃ》は患者《かんじゃ》に育《そだ》てられる。この文集《ぶんしゅう》には子《こ》どもたちの視点《してん》で書《か》かれた素直《すなお》な気持《きも》ちが載《の》せられており、僕《ぼく》にとってかけがえのない、貴重《きちょう》な教科書《きょうかしょ》となっている。

電池《でんち》が切《き》れるまで
子《こ》ども病院《びょういん》からのメッセージ
すずらんの会《かい》＝編

角川文庫　14287

平成十八年六月二十五日　初版発行

発行者——青木誠一郎
発行所——株式会社角川学芸出版
東京都文京区本郷五—二十四—五
電話・編集(〇三)三八一七—八五三五
〒一一三—〇〇三三

発売元——株式会社角川書店
東京都千代田区富士見二—十三—三
電話・営業(〇三)三二三八—八五二一
〒一〇二—八一七七
振替〇〇一三〇—九—一九五二〇八

印刷所——旭印刷　製本所——BBC
装幀者——杉浦康平

す 15-1　ISBN4-04-382701-6　C0195

角川文庫発刊に際して

角川源義

第二次世界大戦の敗北は、軍事力の敗北であった以上に、私たちの若い文化力の敗退であった。私たちの文化が戦争に対して如何に無力であり、単なるあだ花に過ぎなかったかを、私たちは身を以て体験し痛感した。西洋近代文化の摂取にとって、明治以後八十年の歳月は決して短かすぎたとは言えない。にもかかわらず、近代文化の伝統を確立し、自由な批判と柔軟な良識に富む文化層として自らを形成することに私たちは失敗して来た。そしてこれは、各層への文化の普及滲透を任務とする出版人の責任でもあった。

一九四五年以来、私たちは再び振出しに戻り、第一歩から踏み出すことを余儀なくされた。これは大きな不幸ではあるが、反面、これまでの混沌・未熟・歪曲の中にあった我が国の文化に秩序と確たる基礎を齎らすためには絶好の機会でもある。角川書店は、このような祖国の文化的危機にあたり、微力をも顧みず再建の礎石たるべき抱負と決意とをもって出発したが、ここに創立以来の念願を果すべく角川文庫を発刊する。これまで刊行されたあらゆる全集叢書文庫類の長所と短所とを検討し、古今東西の不朽の典籍を、良心的編集のもとに、廉価に、そして書架にふさわしい美本として、多くのひとびとに提供しようとする。しかし私たちは徒らに百科全書的な知識のジレッタントを作ることを目的とせず、あくまで祖国の文化に秩序と再建への道を示し、この文庫を角川書店の栄ある事業として、今後永久に継続発展せしめ、学芸と教養との殿堂として大成せんことを期したい。多くの読書子の愛情ある忠言と支持とによって、この希望と抱負とを完遂せしめられんことを願う。

一九四九年五月三日